www.tredition.de

AF186486

Elizabeth Kott

Fiepie und Konsorten

....und viele ganz andere Katzengeschichten

www.tredition.de

www.tredition.de

© 2015 Elizabeth Kott
Umschlag Xenoduct, Illustration, Zeichnungen und Malerei: Elizabeth Kott
Lektorat, Korrektorat: Anna-Luise Liebgott und Bertram Hartner

Verlag: tredition GmbH, Hamburg

ISBN
Paperback: 978-3-7323-2991-5
Hardcover: 978-3-7323-2992-2
e-Book: 978-3-7323-2993-9

Printed in Germany

Inhalt

Kapitel 1... 11
Die siebzehn Katzen von Waterfalls............................... 11

Kapitel 2... 21
Fiepie.. 21

Kapitel 3... 32
Ankunft von Karlchen... 32

Kapitel 4... 39
Die Ankunft von Eule.. 39

Kapitel 5... 52
Plato und Birnchen.. 52

Kapitel 6... 62
Plato, Birnchen und die Siebenschläfer........................ 62

Kapitel 7... 65
Philosophie über Katzen 65

Kapitel 8... 69
Unser schlimmstes Erlebnis... 69

Kapitel 9... 75
Die Zeit danach.. 75

Kapitel 10... 80
Der Umzug nach Frankfurt.. 80

Kapitel 11... 87
Platos Tod... 87

Kapitel 12... 90
Johnny's Einzug... 90

Kapitel 13 .... **96**
Verschwundene Katzen 96

Kapitel 14 .... **101**
Ein Katzenkrimi 101

Kapitel 15 .... **104**
Stoekelbein – Ein Katzenleben von Trude Stolberg 104
(meine Schwiegermutter) 104

Kapitel 16 .... **114**
Nachwort 114
Acht Monate unseres Lebens im afrikanischen Busch 116
Mainzer Hauptfriedhof 117
Kundenrezension MAINZER HAUPTFRIEDHOF 118
Dolosse - oder wie ein Kinderspiel die Welt eroberte, ... 119

Für Anna-Luise Liebgott und Bertram Hartner

Meine Freundin Anna möchte ich ganz herzlich danken für die unendliche Mühe bei dem Lektorat des vorliegenden Buches. Das war bestimmt nicht ganz einfach, da es sich wiederum um Afrikaans/Deutsch handelte. Mit ihrer Hilfe und Anregungen ist dieses Katzenbuchs entstanden.

Meinem lieben Mann und Wegbegleiter bei allen meinen verrückten Unternehmungen danke ich sehr herzlich für seine Geduld und hilfreiche Vorschläge. Ohne ihn wäre dieses Buch nie geschrieben worden.

Elizabeth Kott wuchs in den 50er Jahren als echtes Burenmädchen in Südafrika auf, wo sie eine glückliche Kindheit erlebte auf der Farm ihrer Eltern. Sie wuchs mit siebzehn Katzen, zwei Hunde, zwei Eichhörnchen, vielen weißen Mäusen und anderes Getier auf. Als junges Mädchen zog sie mit ihren Eltern aus der malerischen Umgebung von Stellenbosch in eine neue Welt im frostigen südlichen Schweden, wo Tierhaltung unmöglich war. Über viele Umwege kam sie nach Holland, dann nach Belgien, um im erwachsenen Alter wieder nach Südafrika zu gehen. Dort blieb sie jedoch nicht sondern kam wieder nach Europa mit ihrem Mann zurück.

Heute lebt sie mit zwei Katzen und ihrem zweiten Mann in der Nähe von Frankfurt. Sie hat jetzt viel Zeit um über ihre Erlebnisse zu berichten. Als Malerin illustriert sie ihre Bücher selber.

ELIZABETH KOTT

FIEPIE UND KONSORTEN

.... UND VIELE GANZ ANDERE KATZENGESCHICHTEN

Kapitel 1

Die siebzehn Katzen von Waterfalls

Ein Leben ohne Katzen ist möglich, aber sinnlos. Frei nach Loriot. Ich möchte das aber noch umwandeln in: *„ein Leben ohne Katzen ist absolut unmöglich und vollkommen sinnlos“*.

Nur wer Katzen gehabt hat und Katzen liebt, weiß wovon ich spreche.

Dies soll nicht ein Katzenbuch werden mit lauter zusammengestückelten Geschichten. Dies ist mein Buch und es handelt von meinen Katzen, und allen Katzen, die mir irgendwann begegnet sind, mein ganzes Leben lang. Dieses Leben dauert jetzt schon 67 Jahre. Somit ist da Einiges zu erzählen.

So lange ich mich erinnern kann, haben wir immer Katzen gehabt. Nicht nur, aber vorwiegend. Da ich auf einer wunderschönen Farm mit 5 Morgen Land in Südafrika aufgewachsen bin, kann ich über einige Katzen berichten. Katzen sind wahrscheinlich noch ausgeprägter in ihren verschiedenen Charakteren als wir Menschen. Einige sind freundlich, schmusig und absolut pflegeleicht. Andere sind zickig und kratzbürstig, andere vorsichtig und ängstlich. Wieder andere sind richtige Machos. Auch die Stimmen sind sehr individuell, wie z. B. die Stimmen der Siamkatzen. Ihre Stimmen sind die hässlichsten aller Katzenrassen, tief und quäkend, rau und absolut unmelodisch. Es gibt aber auch wahre Gesangstalente unter ihnen, aber leider immer nachts.

Katzensprache verlangt von ihren Zuhörern viel Einfühlungsvermögen, da es sich meistens nur um ein Wort handelt. So z.B. „Mirr" oder „Mähh", „Gurr" oder „Njäng". „Miau" kommt eigentlich nie vor. In der Katzensprache kann das alles Mögliche bedeuten, von *„ja, ich will"* zu *„guck mal, was ich gerade mache"* zu *„komm mal zu mir"* oder *„wach doch endlich auf!"*. Und das meistens dann um etwa 5:00 Uhr morgens, aber auch gern um 3:00 Uhr nachts, je nachdem was die Katze im Sinn hat. Die Gurrlaute können allerdings auch bedeuten, dass sie rollig ist. Dann ist schnelles Handeln gefragt, sonst wird man verrückt.

Die ersten Katzen, an die ich mich erinnern kann, sind Tai und Ling, zwei Siamkatzen, die wir wohl schon in Pretoria, als ich so ungefähr 5 Jahre alt war, hatten.

Es ist ganz merkwürdig. Ich hatte mal einen Traum, an den ich mich heute noch erinnern kann. Ich weiß sogar noch, dass er in Farbe war. Wir hatten in Pretoria, in Südafrika, ein riesiges Haus mit zwei Stockwerken, diverse kleine Erker, eine große rot gebohnerte Veranda ringsherum und einen weiten grünen Rasen. Über eben diesen Rasen handelte mein Traum im Alter von 5 Jahren.

Ich lief auf dem Rasen und ein Spuk auf einem Pferdewagen war hinter mir her. Ich schrie und versuchte wegzurennen, wurde aber immer wieder eingeholt. Bis ich einige Kartons so stapelte, dass ich darauf hochklettern und davon fliegen konnte. Der Spuk griff aber nach meinen Beinchen. In diesem Moment wurde ich wach.

Mama sagte später, dass es die Siamkatzen waren, die sich gestritten und mir mit ihren furchtbaren Stimmen Angst gemacht hatten.

In den 50er Jahren zogen wir von Pretoria in den Süden, Richtung Kapstadt, aber ohne überhaupt vorher zu wissen, wo wir genau hingehen werden.

Mein Vater war Zahnarzt, eigentlich Kieferchirurg. Seine Hauptcharaktereigenschaft war eine ungeheure Ruhelosigkeit. Er war nie zufrieden, „nur" Zahnarzt zu sein. Er musste immer irgendetwas Neues anfangen. Ich habe nie richtig verstanden, warum wir aus Pretoria weggezogen sind. Er hatte eine gut gehende Praxis und, wie gesagt, dieses große Haus, eine zufriedene Ehefrau und zwei kleine Kinder. Warum also wieder weg?

Das Schicksal bescherte uns jedoch eine wunderschöne Farm in den Weinbergen von Stellenbosch, und wir waren alle sehr glücklich.

Tai und Ling kamen mit. Es dauerte nicht lange bis sie andere Katzen anlockten und irgendwann waren 17 da. Zum Teil nur draußen, aber andere auch im Haus. Tai und Ling, Kater und Kätzin, waren jedoch die Hauptkatzen. Links in der einen Ecke des Wohnzimmers war ein offener Kamin. Grobe Holzblöcke standen auf jeder Seite aufgestapelt, und daneben war das Besteck, das man brauchte, um Feuer zu machen. Morgens lag meistens eine der Siamkatzen direkt auf der noch warmen Asche, das Fell richtig eingepudert.

Wir hatten eine Katze, die mit im Haus lebte. Sie war eine ungewöhnliche Schönheit. Es war ein pechschwarzer Kater mit seidig glänzendem Fell, ohne eine Spur von Weiß. Er wurde Mabalêl genannt. Mabalêl war ursprünglich ein anmutiges, schwarzes Xhosa Mädchen, das in einem wunderschönen Gedicht von Eugene Marais vorkam. Eben diese

Eleganz, Geschmeidigkeit und Wildheit wie im Gedicht, waren die Charaktereigenschaften von Mabalêl, unserem Kater. Er sah eigentlich aus wie ein schwarzer Panther in klein. Er streifte immer draußen in den Bergen umher, kam aber zum Schlafen ins Haus. Papa sagte immer: „Mabalêl jou swarte hel", was so viel bedeutet wie: „Mabalêl, du schwarze Hölle."

Wir wohnten direkt an den Stellenbosch-Bergen. Hinter dem Haus waren Felsen, Büsche und Bäume und nicht nur Mabalêl streifte in der Gegend herum. Auch ich ging auf Kletterpartien, bis hinauf zu den Wasserfällen. Diese Wasserfälle gaben unserer Farm den Namen „Waterfalls". Es konnte sein, dass ich von unseren beiden Hunden, einem Border Collie und einem Foxterrier begleitet wurde. Manchmal folgte uns aber auch Mabalêl, immerfort redend. Irgendwann blieb er dann zurück oder ging seine eigenen Wege. Die Hunde blieben aber immer bei mir und beschützten mich. Ich war ja nur ein kleines Mädchen von gerade 7 Jahren. Es war nämlich gar nicht so ungefährlich, in den Bergen herumzuklettern. Es gab viele wilde Tiere, von Pavianen zu gelegentlich gesichteten Leoparden. Ich habe mal so eine Fußspur gesehen und war sehr ehrfürchtig ob der Größe der Tatze. Leoparden sind jedoch sehr scheue Tiere. Man bekommt sie selten zu Gesicht. Die Gewohnheiten der Paviane konnte ich aber gut beobachten, wenn ich oben in einem Baum saß und die Gruppe unter mir spielte. Das Männchen, der „Boss", war furchteinflößend mit seinen fletschenden Zähnen, die leicht die Größe eines Löwenzahns erreichten. Die Weibchen und Jungtiere, aber vor allem die Babys, waren putzig anzuschauen. Meistens vergaß ich meine Furcht und studierte nur die Bande. Die Jungtiere wurden richtig hart erzogen, und die Mütter duldeten keinen Widerspruch. Es wurde gekniffen und gedreht, dass es richtig wehtat! Babys wurden einfach am Schwanz zurückgezogen, wenn sie weglaufen wollten.

Abends wurden all unsere Haustiere zum Essen in die Küche herbeigepfiffen. Sie kamen dann von überall her, wo sie entweder geschlafen, Schabernack getrieben oder einfach im Schatten gedöst hatten.

Eines Tages, als die ganze Familie in der Küche versammelt war, damit die vielen Haustiere, zwei Hunde und siebzehn! Katzen ihr Abendessen bekamen, hatte Mama einen großen Dampfschnellkochtopf mit Pansen für die Hunde auf dem Herd. Die Katzen bekamen Leber oder andere Innereien, fein geschnitten auf ihren verschiedenen Tellerchen.

Plötzlich gab es eine enorme Explosion! Innerhalb einer Sekunde war die ganze Küche leer. Alle Tiere waren meilenweit geflohen, und wir waren selber, ohne es zu wissen, aus dem Raum gestürzt. Der Dampfkochtopf war in die Luft geflogen. Der stinkende Pansen klebte an der Decke und an den Wänden!

Als wir eines Tages wieder unsere Katzen zum Essen riefen, fehlte Nr. 17, nämlich Mabalêl. Wir riefen und riefen, aber es tat sich nichts. Mabalêl kam nicht. Es war bereits dunkel und es hatte keinen Sinn, in der Finsternis mit Taschenlampe in den Bergen zu suchen. So entschieden wir uns, am nächsten Morgen, sobald es hell wurde, auf Suche zu gehen. Das war aber nicht mehr nötig. Mabalêl hockte als kleines Bündel Elend vor der Küchentür, mit einer Falle um seine Pfote. Das arme Tier musste unter ungeheure Schmerzen das Ding den

Berg heruntergeschleppt haben, bis es vor der Tür zusammenbrach. Es ist sehr gefährlich, eine Katze die Schmerzen hat, anzufassen. Wir brauchten aber seine Mitarbeit, um die Falle zu lösen. Als wir Mabalêl berührten, fauchte er wütend und schlug mit seiner unverletzten Tatze nach uns.

Zuerst sprachen wir auf ihn ein und versuchten, ihn zu beruhigen. Wir erzählten ihm was wir vorhatten und dass er ganz still liegen sollte, sonst könnten wir die Falle nicht öffnen. Er wurde sofort ruhiger, und vorsichtig näherten wir uns. Er lag still. Mama streichelte ihn und sprach beruhigend auf ihn ein. Jetzt musste Papa die Falle runterdrücken, damit sie geöffnet werden konnte. Es muss unheimlich wehgetan haben. Das Tierchen wimmerte, aber es blieb ruhig liegen. Dann war er frei. Es war so rührend, er begann sofort zu schnurren, seine Art „Danke" zu sagen. Die Pfote sah übel aus, war aber glücklicherweise nicht gebrochen. Jetzt durfte sich Mabalêl verwöhnen lassen und wir alle passten Tag und Nacht auf ihn auf, bis er genesen war. Ab dieser Zeit war er sehr anhänglich geworden, ein richtiger Schmusekater.

Von unseren anderen Katzen ist eigentlich nicht allzu viel zu erzählen. Es waren zu viele, um eine richtige Beziehung zu ihnen aufzubauen. Tai und Ling waren verwöhnte aristokratische und äußerst arrogante Katzen. Im Allgemeinen mag ich diese teuren, überzüchteten Rassen nicht. Ich mochte als Kind auch nicht, dass sie schielten. Da war mir eigentlich die normale Hauskatze lieber.

Eine meiner Lieblinge war Mietzie, eine grau-weiß getigerte, nichts Besonderes, außer, dass sie ein wunderschönes Gesichtchen hatte mit klaren grünen Augen. Sie hatte auch die

Fähigkeit, dieses Gesichtchen in ein „Baby face" zu verwandeln, wenn sie müde war und sich praktisch in den Schlaf „geknetet" hat. Ich liebte es, wenn sie auf meinem Bauch lag und, wie ein Katzenbaby es tut, trampelte und knetete. Dann zog sie ihre Augen zu einem Schlitz zusammen und schien zu lächeln.

Mietzie war anscheinend auch für die Kater eine Schönheit, denn sie war fast immer schwanger.

Unten auf dem untersten Brett des Badezimmerschrankes bekam sie ihre Jungen. Wir waren sogar bei der Geburt dabei. Kurz bevor es losging, holte die Katze Mama. Sie biss sie sanft in den Finger zog daran, bis Mama mitkam. Dann hatte sie sich zufrieden auf das Kissen gelegt, und die Geburt konnte ihren Gang nehmen. Ich werde nie den Blick dieses Tierchens vergessen, als es seine sechs Babys bekam und zufrieden säugend schnurrte.

Hier erinnere ich mich an eine ungewöhnliche Beziehung zwischen einer unserer Katzen und den Entenküken. Unser Kätzchen hatte für die Geburt ein Nest mit verwaisten Enten-Küken ausgesucht. Sie gebar 4 Junge mitten im Wust mit Küken. Diese hatten an einem Ende des Nestes ihr Wasser und Futter. Die Küken ließen sich überhaupt nicht stören und waren mehr oder weniger am anderen Ende des Nestes zu Gange. Die Katzenmutter zog aber jetzt alle vier Babys an sich, damit sie gesäugt werden konnten und wollte auch die Entenbabys dabei haben. Die wollten aber lieber fressen. Die Katzenmama zog aber immer wieder am Schwänzchen oder an Teilen, die sie so gerade in ihren Mund bekam, ein Entchen zu sich, damit es auch trinken konnte. Das wollte das

Entenkind aber partout nicht, hatte keine Lust auf Katzenmilch. Das verstand Mietzie überhaupt nicht und immer wieder versuchte sie, ein Entchen zu sich zu ziehen. Irgendwann waren auch die Entenküken satt und krabbelten ohne Zögern mit den Katzenkindern unter die Katzenmama. Alle waren zufrieden.

Wir hatten drei Badezimmer in dem riesigen Haus, an dem immer wieder angebaut wurde. Eines der drei Badezimmer war nur für die Tiere gedacht und hatte immer freien Zugang, entweder durch das Fenster oder durch die Tür.

Es wohnten auch zwei Eichhörnchen, Jakob und Rebekka, auf dem obersten Brett. Sie waren vollkommen frei und kamen ins Haus, wenn man sie rief oder herbei pfiff. Die Katzen hatten merkwürdigerweise Angst, oder vielmehr, Respekt vor den Beiden und haben niemals versucht, sie zu fangen oder gar zu töten. So lebte alles friedlich im Badezimmer. Es war aber vor allem ein Entbindungszimmer für die Katzen.

Nicht immer verliefen die Geburten problemlos. Wir hatten einen Kater, der sehr gefährlich war für die Kleinen. Da es vermutlich nicht seine eigenen Kinder waren, versuchte er stets, die Neugeborenen zu töten. Wir konnten es leider nicht immer verhindern. Dann waren wir Kinder untröstlich. Das waren so die Zeiten, in denen ich weg lief und mich in den Bergen versteckte.

Zu dieser Zeit wurden die Katzen nicht kastriert oder sterilisiert. Wir wohnten ja auf einer Farm, 8 km vom nächsten Tierarzt entfernt. Manchmal waren einfach zu viele Katzen da. Dann musste Papa einspringen. Niemand in der Familie konnte einem Tier nur ein Haar krümmen, so dass es ein richtiges Dilemma war. Wir sahen aber ein, dass es sein musste. Da Papa Zahnarzt war, hatte er unbegrenzt Zugriff zu Chloroform und so konnte er den Neugeborenen in einem Schuhkarton ohne Leiden zu einem schnellen Tod verhelfen. Trotzdem war es für uns alle furchtbar und wir haben mehr gelitten als die Kätzchen.

Eines Tages wurde Ling krank. Sie aß nicht mehr, nahm stark ab und hatte offensichtlich Schmerzen. Nur wussten wir nicht wo und warum. So kam es, dass Papa sie zum Tierarzt mitnahm und untersuchen ließ. Er war erschüttert. Er, als Zahnarzt, hatte nicht mitbekommen, dass das Tier Zahnschmerzen hatte! Nachdem der Zahn gezogen wurde, war Ling wieder gesund.

So lebten wir friedlich und zufrieden auf unserer Farm bis ich ungefähr 11 Jahre alt war. Die Tiere waren meine steten Begleiter. Außer den Katzen, Hunden und Eichhörnchen, hatten wir auch Hühner und Kaninchen sowie eine Voliere mit vielen Wellensittichen. In den Bergen waren dann noch die Paviane. Mein Bruder kam auch manchmal mit einer Schlange an, die zwar ungiftig war, aber ungeheuer gefährlich aussah und sich auch so benahm. Mein Leben war einfach ohne Tiere nicht denkbar.

Danach kam eine lange Zeit, in der es unmöglich war, Tiere zu halten. Wir kamen nach Malmö, im südlichen Schweden. Wir mussten unsere wunderschöne Farm mit Ländereien gegen eine Plattensiedlung eintauschen. Es gab noch nicht einmal Fensterbretter für ein Pflanzen.

Dann, nach einem Jahr, in dem wir alle sehr unglücklich waren und kaum die Sprache beherrschten, zogen wir nach Utrecht, in den Niederlanden. Wieder musste ich Sprachen lernen, diesmal Holländisch, Deutsch, Französisch und Latein. Es gab nichts, was mich trösten konnte, keine Katze, kein Hund.

So verging meine Pubertät und Jugend. Wir zogen nach Maastricht, von da nach Belgien und viel später flog ich allein nach Südafrika. Überall waren die Häuser ungeeignet für das Halten eines Tieres. In Maastricht wohnten wir in einem typischen holländischen Häuschen, das unter Denkmalschutz stand. Es bestand aus vier Stockwerken, war aber gerade mal so breit wie ein Zimmer. Papa hatte seine Praxis im Parterre. Hinten war ein Innenhof, auch so breit wie ein Zimmer und sonst endete es direkt auf der Straße, eine Todesfalle für jede Katze. Somit blieben wir ohne, aber ich vermisste die Gesellen aus meiner fröhlichen Kindheit sehr.

Als ich später Stewardess bei KLM wurde, wohnte ich in Amsterdam mit einer Kollegin in einem Zwei- Zimmer- Appartement. Wir mussten nach unserer „Calling Time" innerhalb einer Stunde bereit sein und auf dem Flughafen erscheinen. Wieder keine Möglichkeit zum Halten eines Kätzchens.

Nach einem Probejahr bekam ich einen Sechs-Jahresvertrag. Ich bereitete mich glücklich und zufrieden auf einen Urlaub vor. Ich wollte lediglich nach Griechenland und mich dort auf die Zukunft in den nächsten Jahren vorbereiten. Mein Ticket kostete gerade mal 12 Gulden, von Amsterdam nach Athen. Eine befreundete Stewardess begleitete mich, und so starteten wir in unseren Urlaub. Das sollte der entscheidende Wendepunkt in meinem Leben werden.

Kapitel 2

Fiepie

Ich versprach mir viel von diesem Urlaub. Dass mir allerdings mein Lebenspartner begegnen würde, hätte ich nicht im Traum geglaubt.

Hier fing dann auch wieder ein Leben mit Katzen an.

Wir waren auf der griechischen Insel Kos im Jahre 1971 angekommen. Die Insel bestand nur aus Einheimischen und hie und da einem Wissenschaftler, für den die Insel ein Studienobjekt war. So auch für meinen, noch kennenzulernenden Mann. Es gab nur ein Hotel mit ein paar Zimmern ohne Toilette (war auf dem Gang), aber mit einer Dusche. Ingrid und ich hatten ein Doppelzimmer für 10 DM. Auf einmal fiel ihr auf, dass es zwei junge Männer in unserem Hotel gab und dass sie auch noch ein Auto besaßen. Heute ist dies für uns undenkbar, dass es einmal ein Leben ohne Auto, ohne Handy oder Computer gab. Damals gab es gerade mal ein Taxi, ein Hotel und absolut keine Touristen auf der Insel. Wie es heute aussieht, brauche ich gar nicht zu beschreiben!

Stattdessen gab es überall Katzen. Alle Farben die man sich vorstellen kann. Es fiel mir auf, dass die Katzen allerdings etwas anders aussahen als unsere Hauskatzen. Sie hatten viel längere Beinchen und waren sehr schmal. Sie wurden überall geduldet und bekamen eigentlich gut zu essen. Für mich war es eine Freude, endlich wieder ein Tierchen anzufassen, zu füttern und zu streicheln.

Ingrid war allerdings lediglich an den beiden Männern mit ihrem Auto interessiert und nervte mich mit Fragen, wie wir mit ihnen ins Gespräch kommen konnten. Mir fiel nichts Besseres ein, als vorzuschlagen, nach dem Postamt zu fragen. Dann könnten wir schon sehen wie sie reagierten, ohne uns aufzudrängen. Es ging gründlich daneben, da in dem Moment, in dem Ingrid Mut gefasst hatte, sie anzusprechen, sie leider wieder verschwanden. Schließlich schlug ich ihr vor, das Ganze zu vergessen. Sie schienen kein Interesse an uns zu haben.

Wir gingen abends zu einem Hafencafé, von wo wir auf das Meer schauen und frischen Fisch essen konnten. Es dauerte nicht lange bis Ingrids Angebetete kamen und sich in einiger Entfernung von uns setzten. Ich war dabei, einige Katzen zu füttern, und zwar mit Oliven, worauf sie sich richtig gierig stürzten. Wir warteten ja noch auf unsere Hauptspeise. Einer der beiden Jungs tat das Gleiche. Er fütterte die Katzen mit Oliven, so wie ich. Wir hatten kurzen Blickkontakt. Er sagte darauf etwas zu mir, das ich überhaupt nicht verstand, nur dass es Deutsch war, merkte ich. Hierauf drehte ich mich zu ihm hin und sagte in meinem besten Schuldeutsch: „Ich möchte mich nicht mit Ihnen über Tische hinweg unterhalten. Wenn Sie etwas zu sagen haben, kommen Sie hierher zu uns." Ich meinte es eigentlich als Abfuhr, aber die beiden Jungs schnappten ihre Flasche Wein und kamen an unseren Tisch. Ingrid war selig. Zu der Zeit war ich eigentlich nicht an Jungens interessiert, da ich gerade eine unglückliche Beziehung beendet hatte, aber der Kleinere von den Beiden sah sehr gut aus, unterhielt sich gut mit mir. Wir freuten uns beide über die Katzen.

Was harmlos anfing, endete innerhalb von sechs Tagen in einem Antrag, meiner Bejahung und der Hochzeit nach sechs Monaten. Es war eine wundervolle Ehe, die 35 Jahre anhielt.

Klaus war Mineraloge. Er war auf die Insel gekommen, um die Geländearbeit für sein Diplom zu vollenden. Ich war, wie gesagt, Stewardess bei KLM. Wir lebten in Freiburg, wo seine Uni war, in einer sehr kleinen, aber gemütlichen Souterrain Wohnung von gerade mal 36 m², ohne Küche, nur mit einem Küchenschrank. Wir waren jung und glücklich.

Eines Tages klingelte es an unserer Haustür. Dort stand ein kleines Mädchen mit einem Körbchen, abgedeckt mit einem Tuch. In dem Körbchen waren vier getigerte Kätzchen, ungefähr sechs Wochen alt. „Bitte nehmen Sie eins", bettelte das Mädchen. „Wir haben keinen Platz". Ich war verloren. Es war ein Sonntag und es gab keine Chance, ein Katzenklo oder Katzenfutter zu besorgen. Mein Mann schmolz dahin, und das Kätzchen wechselte in unsere Obhut. Wir tauften sie „Fiepie", weil sie nur fiepte. Das provisorische Katzenklo war ein Schuhkarton, ausgelegt mit Zeitungspapier. Ihr erstes Futter war ein Schälchen Milch. Fiepie nahm uns sofort an, schlief bei uns im Bett und war überhaupt sehr zufrieden. Ab diesem Moment gab es keine Zeit mehr in unserem Leben ohne Katze.

Wir wohnten am Stadtrand von Freiburg in der Souterrain-
Wohnung eines Bungalows. Unsere Terrassentür führte in
einen schön angelegten Garten mit Blumen, Sträuchern und
einem abgegrenzten Teil für Gemüse. Es war eine sehr ru-
hige Gegend mit wenig Verkehr und viel freien Flächen. Ein
Paradies für eine Katze. Fiepie konnte also rein und raus,
wie sie wollte. Nachts waren die Rollos zu, damit niemand
einsteigen konnte, aber die Tür stand einen Spalt offen, so
dass Fiepie freien Zugang hatte. Sie war ein richtiges Nacht-
tier. Tagsüber schlief sie meistens. Sie war auch eine gute Jä-
gerin und brachte uns häufig „Geschenkchen", meistens in
Form einer toten Maus. Das wurde angekündigt mit einem
ganz speziellen Ton, während sie die Maus noch im Mund
hatte. Dies war natürlich weniger schön für uns, aber wir
lobten sie immer und sie war ganz stolz. Mit langen Beinen
umkreiste sie uns dann schnurrend.

Eine tote Maus war nicht so schlimm. Schlimm war es, wenn das Tierchen noch lebte. Merkwürdigerweise war es entweder tot oder ganz lebendig. Sie brachte uns nie verletzte Tiere. Die lebendigen Mäuse mussten wir dann wieder einfangen und freilassen, was eine Geschichte für sich war.

Unsere Wohnung bestand aus einem Wohnzimmer mit Terrassen-Zugang, einem winziges Duschbad mit Toilette und einem Zimmer mit Küchenschrank. Darin war ein kleiner Kühlschrank, 2 Kochplatten und eine Spüle, sonst nichts. Wir waren zu arm für einen Bett und schliefen auf dem Boden auf einer Matratze. Trotzdem war es gemütlich. Es war ja auch unsere erste gemeinsame Wohnung.

In einer Sommernacht, so gegen 4 Uhr früh, als wir tief schliefen, wurden wir von den wohlbekannten Geräuschen wach, die darauf deuteten, dass eine Jagd im Gange war. Dann, „Gurr-gurr" mit vollem Mund und die Maus wurde freigelassen - in unserem Bett! Wir sprangen auf und jetzt folgte eine wilde Jagd durch die Wohnung, stets begleitet von unserer stolzen Katze. Endlich konnte ich das Feldmäuschen fangen und hielt es in meinen geschlossenen Händen. Es gab aber jetzt ein größeres Problem. Wir schliefen beiden nackt, und mit geschlossenen Händen konnte ich nichts anziehen. Mein Mann warf mir einen Morgenmantel um die Schultern, aber es bedeckte kaum meine Nacktheit. Ich warf das Ding wieder ab. Splitternackt, mit Maus zwischen beiden Händen, schlich ich durch die Vororte von Freiburg, eng an den Hausmauern entlang, bis ich ein freies Feld fand. Dort ließ ich die Maus frei und wünschte ihr Glück. Schnell huschte ich zurück in unsere Wohnung. Fiepie war die ganze Zeit drinnen und wollte nur noch raus.

Nach einer gewissen Zeit ließen wir sie frei und gingen wieder zu Bett. Es konnte nicht mehr als eine halbe Stunde gedauert haben, dann war sie wieder da. Mit Maus! Sie ist wahrscheinlich meinen Spuren gefolgt. Da hatte das Mäuschen keine Chance mehr. Diesmal ließen wir der Natur ihren Lauf und machten die Tür zum Schlafzimmer zu. Am nächsten Morgen fanden wir nur noch den Magen der Maus, feinsäuberlich herauspräpariert. Alle Mühe war umsonst!

An ihrem ersten Silvesterabend sprang Fiepie in ihrer Angst an die Klinke der Haustür und öffnete die Tür! Sie war aber in kürzester Zeit wieder zurück. Von da an mussten wir uns immer vergewissern, dass die Tür auch abgeschlossen war, denn diesen Trick beherrschte sie inzwischen vollkommen. Wenn wir nicht aufpassten, öffnete sie die Haustür und lies diese natürlich offen.

Als Klaus sein Diplom hatte, gingen wir nach Südafrika, wo er ein Angebot vom Geological Survey of South Africa erhielt. Fiepie würde mitkommen. Sie konnte damals noch mit in die Kabine, jedoch zu 1% des Erster Klasse Tarifes. Irgendwann während dieses langen Fluges, war ihre Not zu groß. Sie kündigte das mit leisem Miauen an. Ich nahm sie samt Korb nach hinten zu der Toilette, breitete Zeitungspapier auf dem Boden aus und redete beruhigend auf sie ein. Das Tierchen erleichterte sich und fing sofort an zu schnurren. Ich nahm sie noch auf den Schoss, streichelte sie und schmuste mit ihr. Zurück in der Kabine, fütterten wir sie mit Schinken und Katzenfutter, das ich dabei hatte. Jetzt war alles in Ordnung.

Die Geschichten von Fiepie habe ich bereits in meinem Buch „Acht Monate unseres Lebens im Afrikanischen Busch" beschrieben. Ich füge hier einige Kapitel aus meinem Buch ein:

„Die erste Nacht in Pretoria, im Preston Place Appartement, war schon ein Erlebnis. Wir konnten endlich unsere Katze aus ihrem Korb befreien. Noch etwas wackelig auf den Beinen, fing sie sofort an, ihre Umgebung zu inspizieren. Es sollte nicht allzu lange dauern, dass sie in dem Apartment bleiben musste. Wir wollten mit ihr acht Monate im Busch, in einem Caravan, verbringen. Wir hatten keine Ahnung wie sie darauf reagieren würde, zumal wir in der heißesten Gegend von Südafrika campen mussten, ohne Strom und Wasser, auf dem Ufer des Olifant Flusses. Die Temperaturen würden auf 48°C im Schatten steigen. Der Busch mit den vielen wilden Tieren ist gefährlich. Es würde auf jeden Fall ein Abenteuer werden.

„Der 20. Mai 1975 war ein entscheidender Tag in unserer Lebensgeschichte. An diesem Tag begann unser großes Abenteuer. Wir waren eigentlich gut vorbereitet, oder vielleicht doch nicht? Klaus hatte erst noch ein paar Fahrstunden mit dem großen Ford Custom absolviert, um sich an den Linksverkehr zu gewöhnen. Nun musste er mit unserem Gespann quer durch Johannesburg kutschieren, bis er die Hauptstraße N12 Richtung Norden nehmen und weniger Verkehr erwarten konnte. Der Caravan war vollgeladen mit Proviant und Zeltutensilien. Fiepie würde einfach ohne Korb im Caravan mitreisen, wo sie auch Futter und Katzenklo hatte. Man hat uns versichert, dass das kein Problem ist, nur wenn Berge überquert wurden oder Steigungen waren, sollten wir sie wieder einsperren und alle lose Utensilien verstauen. So fuhren wir dann los.

Über die Fahrt ist wenig zu sagen. Wir mussten uns erst an die Regelung der Vier-Weg-Stoppschilder gewöhnen, wobei immer derjenige, der zuerst ankommt, auch zuerst fahren darf. Das war jedoch eine Geschichte für sich, denn jeder denkt, dass er zuerst da war. Wir fuhren eigentlich ganz bequem und genossen die immer wechselnden Landschaften. Je näher wir an das Lowfeld kamen, desto wärmer wurde es. Als wir einen Campingplatz für die Nacht suchten, waren wir schon ganz nassgeschwitzt. Der Platz war sauber, hatte gute sanitäre Anlagen und sogar ein Restaurant und einen kleinen Kaufladen. Der erste Tag war also gut gelaufen, ohne Vorkommnisse. Wir schliefen alle zusammen im Caravan und waren zufrieden. Fiepie hatte sich als Lager eine der Kojen ausgesucht, und zumindest schien sie richtig entspannt. Um 5 Uhr, jedoch, war kein Halten mehr. Sie kratzte an der Tür, schrie und war richtig wild geworden. Es gab keine andere Möglichkeit, als sie rauszulassen. Wir wollten nicht die Tür einfach auflassen und schraubten stattdessen das Gitter auf, das über einer Bodenöffnung zur Belüftung verankert war. Während des Fahrens wurde es wieder festgeschraubt. Wir fühlten uns ganz elend, als wir sahen, wie das Tierchen durch das Loch verschwand, und wir dachten, wir sehen sie nie wieder. An Schlafen war nicht mehr zu denken, wir waren richtig traurig. Ich machte uns einen Kaffee und wir warteten. In Deutschland hatten wir sie schon daran gewöhnt, auf einen Pfeifton wieder zurück zu kommen, von wo immer sie auch war. Jetzt riefen wir ihren Namen und pfiffen laut und schrill den gewohnten Ruf, aber nichts geschah. Als wir sie bereits aufgegeben hatten, erschien sie plötzlich in der Luke, quietsch vergnügt und erzählte uns von ihrem Ausflug. Jetzt wussten wir, wo wir auch sind, wir können sie rauslassen, sie kommt zurück.

Als wir unser Ziel auf einer Farm gefunden hatten, beschlossen wir, unser Camp aufzubauen. Wir fanden ein „wohnliches Plätzchen" unter großen Bäumen, mit direktem Blick auf den Fluss. Zuerst mussten wir den Boden ebnen, damit der Caravan auf einer geraden Fläche stand. Trotz Einsatz von Richtschnur und Wasserwaage, war das ein mühsames Unterfangen. In der Zwischenzeit gruben drei schwarze Farmarbeiter in einiger Entfernung ein tiefes Loch für unser Klo-Zelt. Über das Loch wurde ein Holzbänkchen mit Deckel errichtet und rundherum die Erde fest angedrückt. In die Vertiefung wurde Chlorkalk gestreut. Das Zelt war dann schnell aufgebaut, und fertig war unser Klo. Das Abenteuer konnte beginnen!

Nachdem wir den Caravan an seine Stelle gerückt hatten und auch das blaue Vorzelt aufgebaut war, entschlossen wir uns, Fiepie freizulassen. Tiefgeduckt kam sie aus dem Vorzelt heraus, das Bäuchlein berührte dabei den Boden. Ich nahm sie auf meinen Arm und zeigte ihr so ihr neues Zuhause. Mit beruhigenden Worten ließ ich sie dann los, und erstaunlicherweise blieb sie erst in unserer Nähe. Ein Schwarm fliegender Ameisen erweckte ihr Interesse, und sie fing an, diese nacheinander zu fangen und aufzuessen.

Als Nächstes mussten wir eine Feuerstelle bauen, damit wir nachher auch etwas kochen konnten. Dafür mussten wir zunächst Steine suchen für die Umrandung und geeignetes

Holz. Wir hatten zwar Holzkohle dabei, aber die war ziemlich teuer, und wir wollten unser Budget nicht allzu sehr strapazieren. Dabei gab es hier ja Holz in Überfluss.

Bei der Holz- und Steinsuche begegneten wir unserem ersten Mitbewohner. Aus einer Kuhle kam er angetappt, zischend und züngelnd, furchterweckend anzusehen: Ein Waran, etwa anderthalb Meter lang mit einer schuppigen grünen Haut und böse funkelnden Augen. Er hörte auf zu zischen, als wir ihn nur beobachteten, ohne ihm zu nahe zu kommen. Unbeeindruckt verschwand er langsam in irgendeinem Loch. Wir hatten keine Angst vor ihm, da wir wussten, dass Warane für Menschen nicht gefährlich waren. Später freundeten wir uns an und fütterten ihn mit Speiseresten. Wir nannten ihn „Freddie". Er und Fiepie sollten noch Freunde werden.

Ich fühlte mich ein wenig wie ein Kind in einer Höhle. Der Caravan gab mir ein Gefühl von Geborgenheit, so klein und kompakt, wie alles war. Der Himmel war strahlendblau und der Tag noch gar nicht so warm, einfach angenehm. Fiepie hatte die ganze Nacht bei uns geschlafen und es schien, als ob sie instinktiv ihre Gewohnheiten jetzt schon änderte. In Deutschland war sie es gewohnt, nachts auszugehen und so gegen 5 Uhr morgens wieder zurückzukommen. Hier war es in der Nacht aber viel gefährlicher als tagsüber. Sie schien das zu spüren.

Wenn wir aus dem Gelände zurückkamen und unser Camp erreichten, kam Freddie, der Waran, immer angetappt und wir mussten warten, dass er uns aus dem Weg ging, bevor wir weiterfahren konnten. Dann kam auch Fiepie an und miaute erfreut. Es war schon fast Heimat geworden."

Kapitel 3

Ankunft von Karlchen

Wir hatten seit einigen Nächten gemerkt, dass etwas Weißes durch Fiepies Luke in den Caravan hereinkam und ihr das Essen klaute.

Sie lag über mir in der Koje und ließ es gelassen geschehen, somit war es anscheinend nichts Gefährliches. Wir konnten aber nicht sehen, was es war, und sobald wir uns rührten oder sprachen, verschwand es wieder. Wir konnten nur erkennen, dass es weiß war. Was konnte das bloß sein? Etwas Weißes im Busch? Wir konnten uns keinen Reim darauf machen. Dann saßen wir eines Morgens beim Frühstück an unserem Klapptisch, als in der Luke ein weißes Gesichtchen erschien. Es war ein weißes Katerchen!

Ich sprach ihn leise auf Deutsch an und sagte: *„Komm rein, wir tun dir nichts"*. Keine Reaktion. Dann auf English: *„Come here, you're o.k., we won't harm you."* Wieder nichts. Schließlich auf Afrikaans: *„Kom katjie, jy is veilig by ons."* Dann sprang er hoch und kam auf uns zu. Für mich war das der unumstößliche Beweis, dass Katzen Sprachen verstehen! Es war der hässlichste Kater, den wir je gesehen haben. Er war nicht wirklich weiß, sondern sein Fell glich eher dem Grau eines Schneemannes in Deutschland.

Verdreckt und verprügelt schien er. Im linken Ohr klaffte eine Lücke, und das arme Tier hatte nur ein verkümmertes Kringelschwänzchen, ob von Geburt an oder durch einen Unfall, wer weiß? Das Allerschlimmste war noch, dass er ein Halsband mit Klingel trug. Wie er damit im Busch überlebte, war uns ein großes Rätsel.

Und er hatte Hunger! Wir gaben ihm zu essen und er verspeiste eine Dose Futter nach der anderen.

Fiepie war mittlerweile von ihrem Platz heruntergekommen und beschnupperte ihn neugierig. Anscheinend kannten sie sich schon eine Weile. Es schien fast, als ob unsere Katze ihn gefunden und eingeladen hatte, bei uns zu wohnen. Er wurde auf den Namen „Karl" getauft, was wiederum „Karlimann" wurde, und er gehörte jetzt zu uns. Er und Fiepie schliefen zusammen auf der obersten Koje, manchmal eng ineinander verschlungen. Wenn sie sich gegenseitig putzten, raspelten die rauen Katzenzungen aneinander. Sie hatten sich lieb.

Wenn wir aus dem Gelände kamen, wurden wir jetzt erst von Freddie, dem Waran, dann von Fiepie und Karlchen begrüßt. Karlimann lief dabei mit steifen, langen Katerbeinen voraus und redete nonstop. Erstaunlicherweise hatten beide keine Angst vor Freddie, obwohl er ihnen sehr gefährlich werden konnte. Es war eine gemütliche Zeit für uns. Alles war noch erträglich, und Abenteuer um Abenteuer füllte unseren Tagesablauf, mal kleinere, mal größere.

Fiepies Tod

Es war ein grauer, wolkenverhangener Tag, an dem Fiepie aus unserem Leben verschwand. Alles fing wie gewohnt an. Wir frühstückten zusammen, und Karlchen bekam wieder einmal eine extra Portion. Er hatte immer noch unglaublichen Hunger. Fiepie war schon fertig und saß vor dem Vorzelt. Sie putzte sich. Erst das Gesichtchen, dann die Ohren, dann die Beinchen. Sie hatte viel zu tun.

Wir besprachen den Tagesablauf. Es sah sehr nach Regen aus, wobei es noch unerträglicher im Gelände wurde, denn die Schwüle gab uns den letzten Rest. Wir waren bereits jetzt lustlos und entschieden uns, erst einmal nichts zu tun. Klaus las ein Buch, ich schrieb an meinem Tagesbuch und machte ein paar Zeichnungen. Der Fluss lag ruhig da. Ich träumte ein wenig vor mich hin.

Es grummelte in der Ferne, aber es fiel noch kein Tropfen. Es war wie das Warten auf etwas Ungewisses. Der Himmel war in ein undefinierbares Orange verwandelt, und purpurne Massen an Wolken zogen bedrohlich über uns hinweg. Es sah richtig unheimlich aus. Fiepie war allein unterwegs, während Karlchen unter einem Mopane-Baum schlief. Wir beschlossen, Fiepie zurückzurufen, damit sie nicht so nass werden würde, aber sie reagierte nicht auf den gewohnten Ruf. Wir pfiffen noch ein paarmal, aber es tat sich nichts. Noch waren wir nicht beunruhigt. Es konnte ja sein, dass sie ziemlich weit weg war und einfach Zeit brauchte, um zurückzukommen. Als sie nach einer Stunde noch immer nicht da war und wir verzweifelt immer wieder riefen und pfiffen, ahnten wir, dass etwas passiert sein musste. Wir machten uns auf, sie zu suchen.

Wo sucht man eine Katze im Busch? Alle gewohnten Wege und alle Büsche und Sträucher links und rechts wurden abgesucht, immer wieder rufend und pfeifend. Sie war so eine schlaue Katze…, was konnte denn passiert sein? Wir überlegten, dass sie in jedem Fall, auch wenn sie verwundet wäre, sich noch zurück zum Camp schlagen könnte, denn sie lief niemals sehr weit weg. Es musste also schlimmer sein. Es gab nur ein Tier, das sie sofort töten könnte, und das war eine Schlange. Vermutlich die Mamba. Einen Puffotterbiss könnte sie noch überleben, aber nicht den einer gefürchteten schwarzen Mamba.

Dann öffneten sich die Schleusen des Himmels. Es blitzte und donnerte, und Regen und Hagel schlugen wie Gewehrschüsse in den Boden. Wir mussten unsere Suche abbrechen und zum Caravan flüchten. Karlimann war bereits da, aber er schien irgendwie verändert. Er blieb vor der Lüftungsluke hocken und schien auf Fiepie zu warten, immer wieder fragend zu uns hochschauend. Wir waren sehr niedergeschlagen, denn wir waren uns jetzt ziemlich sicher, dass Fiepie von einer Schlange gebissen worden war und nicht überlebt hatte. Als der Regen aufhörte, gingen wir wieder auf die Suche. Ich hoffte, wenigstens ihr Körperchen zu finden, damit wir sie beerdigen könnten, aber wir fanden nichts. Eine Woche suchten wir und Karlchen wartete und wartete. Er war richtig traurig, dass seine Freundin nicht mehr da war.

Eines Tages hörte er auf zu warten. Da wussten wir, sie ist tot. Wir trauerten um dieses Tierchen wie um einen Menschen. Sie war wie unser Kind und hatte so viel mit uns mitgemacht. Wir wollten nicht einmal Margie und Ronny sehen und zogen uns komplett zurück. Da wir nicht mehr zu der Farm gingen, brachte uns Margie schließlich etwas zu essen und wir zwangen uns, es anzunehmen. Wir hatten eine Woche lang nicht mehr richtig gegessen oder geschlafen. Wir sahen elend aus.

Das Beunruhigende war auch, dass wir jetzt ziemlich sicher waren, dass die Mamba in unserer Nähe sein musste. Wir gingen nicht mehr schlafen, ohne die Kissen umzudrehen, da Schlangen sich gerne unter Kissen verstecken. Wir hatten uns bereits angewöhnt, unsere Schuhe auch nicht anzuziehen, ohne sie vorher umzudrehen und auszuschütteln, denn Skorpione krochen gerne in die Schuhe. Die Regensaison brachte einiges unangenehme Getier zum Vorschein.

Dann sahen wir sie, auch nur per Zufall. Sie lag in einer flachen Stelle zwischen zwei Felsen, bestimmt an die 3 m lang, schwarz, geschmeidig und tödlich. Die Schwarze Mamba! Klaus holte die Walther PPK. Mucksmäuschenstill schlich er auf sie zu. Als er etwa einen Meter von ihr entfernt war, zielte er genau auf ihren Kopf und drückte ab. Er traf! Sie schoss in die Höhe, kringelte sich ein paar Mal, blieb dann aber tot liegen. Er prüfte erst mit einem Stock, ob sie wirklich tot war, und da sie sich nicht mehr bewegte, schauten wir das Tier näher an. War das Fiepies Mörder?

Wir beschlossen, symbolisch Fiepie dadurch zu beerdigen, dass wir ihren Mörder beerdigten. Klaus grub ein tiefes Loch unten am Fluss, und wir legten die Schlange hinein. Wir bedeckten die Grube mit Erde und Steinen, damit Freddie die Leiche nicht ausgraben konnte. Dann nahmen wir Abschied von Fiepie, unserer treuen Gesellin.

In dem Moment begann es wieder zu regnen, und der Himmel weinte mit uns.

Die Arbeit ging aber weiter. Wir mussten noch Einiges erledigen, bevor wir zurück nach Pretoria fahren konnten.

Als wir aus dem Krüger Park kamen, wo Klaus im Schutz von zwei Rangern das Gelände kartieren musste, fuhren wir zu unserem Camp zurück. Fast schon wie eine Heimat. Wir wurden begrüßt von Freddie und Karlchen, der uns wohl sehr vermisst hatte. Wir hatten ihm genug zu essen dagelassen, und Margie hatte versprochen, jeden Tag nach ihm zu sehen. Aber er vermisste, wie wir auch, unsere kleine Gesellin Fiepie sehr. Ihr Tod hatte eine große Lücke hinterlassen.

Wir hatten Vorbereitungen zu treffen für unsere Rückkehr nach Johannesburg.

Karlimann saß in einiger Entfernung und beobachtete misstrauisch unser Treiben. Als wir ihn riefen, wollte er nicht kommen. Wir gingen noch zu Fiepies Grab und hofften, dass Karlimann uns folgen würde. Aber nein, er kam nicht. Was versteht so eine Katze? Wusste er, dass wir weggingen? Aber wir wollten ihn mitnehmen und hatten schon Fiepies Korb bereitstehen. Alles Locken mit seinem Lieblingsfutter und Rufen nach ihm halfen nichts. Er wollte nicht kommen. Wir mussten ohne ihn abfahren, und traten schweren Herzens die Rückreise an. Es war ein sehr trauriges Gefühl, unsere beiden Kameraden hier zurückzulassen." *(Aus acht Monate unseres Lebens im afrikanischen Busch)*

Kapitel 4

Die Ankunft von Eule

Viele Jahre sind vergangen seit wir aus Südafrika zurückkamen. Jahre, in denen es uns gar nicht gut ging. Unser Südafrika Abenteuer hat die letzte Reserve unseres Vermögens verbraucht. Existenzprobleme lasteten schwer auf unseren Schultern und wir wurden beide krank. Wir wohnten zuerst in einem möblierten Zimmer in einer Privatwohnung einer älteren Frau und besaßen gerade mal 2 Koffer. Nur ganz langsam fassten wir wieder Fuß und dann fruchteten unsere Bewerbungen allmählich.

Als Klaus eine Stelle als wissenschaftlicher Mitarbeiter an der Uni von Clausthal-Zellerfeld bekam und seine Doktorarbeit anfangen konnte, atmeten wir endlich auf. Auch ich hatte das Glück, wieder eine gute Stelle zu bekommen. Wir zogen ins Harzgebirge, nach Clausthal-Zellerfeld. Langsam kamen wir wieder auf die Beine.

Endlich hatten wir auch die Möglichkeit, uns um ein Kätzchen zu bemühen. Es waren Jahre vergangen, in denen wir nur noch die Erinnerung an Fiepie hatten und es war Zeit, wieder etwas Lebendiges in unserem Umfeld zu haben.

Wie so oft, wurden wir Menschen von den Katzen ausgesucht und nicht umgekehrt. Es war ein kleiner schwarzer Wollknäuel, der sich unter meine Achselhöhle verkroch und anfing an meinem T-Shirt zu nuckeln. Auf Anhieb klare Sache! Wir nahmen sie mit, nachdem wir alles vorbereitet hatten. Sogar einen Ast mit Zweigen hatten wir zum Klettern organisiert. Der lag auf einem Flokati und beides wurde begeistert von ihr zum Spielen angenommen. Sie war so schwarz, dass sie fast nicht zu fotografieren war. Klaus nannte sie immer „der Punkt". Da jegliche weitere Farben fehlten und nur große gelbe Eulenaugen aus dem Gesichtchen schauten, nannten wir sie „Eulchen". Eulchen sollte unsere Kameradin für 16 Jahren werden.

Es ist nicht zu glauben, dass man den gleichen Fehler zweimal macht, aber uns ist es leider so ergangen. Vielleicht durch die Annahme, dass wir jetzt klüger und weiser geworden sind. Auf jeden Fall nahm Klaus nochmals ein Angebot aus Südafrika an. Diesmal sollte er Mineraloge in einer großen Goldmine in Johannesburg werden. Wir hätten ein Haus mit Garten und sogar einen Pool. Ich könnte als Fremdsprachensekretärin bei Höchst in Südafrika anfangen. Es sah also richtig gut aus. Diesmal war das Gehalt auch ordentlich. Wir mussten die Reise wieder mit Katze antreten. Das arme Eulchen durfte aber nicht mehr in die Kabine und wir waren gezwungen, sie im Laderaum des Flugzeuges unterzubringen. Der Flug dauerte 11 Stunden! Eulchen bekam Beruhigungstabletten und wir hofften auf das Beste.

Nicht umsonst heißt es, dass Katzen 7 Leben haben. Ein bisschen wackelig auf den Beinchen, konnten wir sie nach fast 24 Stunden aus ihrem Korb befreien. Unser Haus war jedoch ein Traum, für Mensch und Katze. Es lag in einer sehr ruhigen Gegend außerhalb Johannesburgs, an einer Straße wo kaum Verkehr war. Das Haus war wunderschön, hatte 4 Zimmer, jeweils mit offenem Kamin, 2 Bäder, Küche, Außenräume und einen riesigen, eingewachsenen Garten, umringt von einer 2 Meter hohen Mauer, vollkommen sicher und abgeschlossen. Obwohl sie es bestimmt konnte, hatte Eulchen nie versucht, über die Mauer zu klettern.

Es brach eine schöne Zeit für unsere Katze an und am Anfang auch für uns. Sie fühlte sich sehr wohl, war glücklich und zufrieden. Nachts waren alle Fenster offen und sie konnte nach Herzenslust Nachtfalter oder auch mal eine Maus fangen, die sie uns nach Katzenart als Geschenk überreichte.

Eines Tages bekamen wir Besuch von unserem Neffen aus Deutschland. Wir saßen alle am Pool mit einem Drink und redeten. Plötzlich machte mein Neffe eine ungeschickte Bewegung und stieß Eulchen in den Pool. Sie war wie eine Jesusechse! Ohne überhaupt nass zu werden, rannte sie sekundenschnell über das Wasser und raus! Sie hatte es meinem Neffen aber nie verziehen und viele Jahre später, als sie ihn wiedersah und wir bereits in Deutschland zurück waren, fauchte sie ihn noch an.

Ich will hier nicht wieder über unsere Rückschläge berichten. Es ist ja ein Katzenbuch und nicht eine Biografie, mehrere Katzenbiografien sogar.

Auf jeden Fall, brachen wir nach zwei Jahren wieder unsere Zelte ab und kehrten nach Deutschland zurück. Es war ein plötzlicher Entschluss. Wir hatten Beide keine Arbeit und auch keine Wohnung in unserer Heimat. So beschlossen wir, dass Klaus zuerst fliegen sollte, um sich nach Arbeit und Wohnung umzusehen. Erst wenn alles geklappt hat, sollte ich nachkommen. Ich musste den Umzug vorbereiten und dafür sorgen, dass unsere Habseligkeiten verkauft wurden. Wenn ich und unsere Katze nicht mehr in unserem Haus wohnen konnten, sollte ich zu befreundeten Nachbarn umziehen. So war der Plan.

Es dauerte aber 3 Monate, bevor wir uns wieder in die Arme schließen konnten. Klaus hatte in Wiesbaden eine Umschulung zum Informatiker begonnen, die er dann später mit Auszeichnung bestand. Er hatte eine Kellerwohnung, mit Gartenbenutzung gefunden, die noch in unser Budget passte. Ich hatte in der Zwischenzeit alles verkauft, was wir nicht mitnehmen konnten und es war mir gelungen, für unseren Wagen einen guten Preis zu bekommen. Wir brauchten jedes bisschen Geld, das wir auftreiben konnten. Ich hatte jetzt eine Adresse und konnte somit den Umzug vorbereiten. Alles ging sehr schnell, und es dauerte nicht lange, bis Eulchen und ich nur noch eine leere Wohnung hatten.

Jetzt kam der Moment, wo wir in das Nachbarhaus umziehen sollten. Unser Haus war geschützt durch die hohe Mauer. Das Nachbarhaus hatte eine Rasenfläche, die direkt auf der Straße endete, so wie es meist in England der Fall ist. Es gab noch nicht einmal einen Zaun um das Anwesen. Wie sollte das funktionieren? Außerdem gab es dort schon zwei Katzen.

Eulchen und ich zogen um. Wir hatten ein Zimmer zur Verfügung. Dort befanden sich noch unser Wohnzimmerschrank und ein paar persönliche Sachen sowie ein Fenster zum Garten. Die erste Nacht blieb das Fenster geschlossen. Danach hoffte ich auf Eulchens Vernunft.

Die Lektion fing gleich am nächsten Morgen an. Ich nahm sie mit zur Straße. Wir hatten von klein auf ein Zeichen, das bedeutete, dass etwas absolut verboten war. Das funktionierte eigentlich ganz gut. Es war ein erhobener Zeigefinger und gleichzeitig ein vehement und barsch ausgestoßenes „Ai-Ai". Das kannte sie. Jetzt zeigte ich ihr den Straßenrand und mit all meiner Überzeugungskraft stieß ich das Verbot aus. Es ist kaum zu glauben. Sie versuchte in den 3 Monaten, in denen wir dort lebten, kein einziges Mal über die Straße zu gehen.

Das Problem mit den anderen Katzen sah aber ganz anders aus. Sie wurde, wie erwartet, nicht angenommen und sie musste sich ständig verteidigen. Es handelte sich um eine rostrote Katze namens „Mauwamwe" (ein alter gallischer Name) und einen Kater namens „Charly". Charly war eigentlich friedlich und manchmal lagen sie zusammen in der Sonne. Aber nicht so „Mauwamwe". Das war eine kleine Hexe.

Ich wurde eines Morgens um 5:00 Uhr wach von einem kläglichen Miauen aus dem Garten. Ich sprang sofort auf und suchte Eulchen. Sie war verschwunden und lag nicht, wie immer, an meinem Fußende. Als ich sie rief, tönte laut aus dem Baum vor meinem Fenster ein erbärmlicher Ruf. Eulchen! Nachdem ich mich schnell angezogen hatte, ging ich sie suchen. Sie saß hoch oben im Baum, kurz unter ihr „Mauwamwe", und sie konnte nicht mehr runter. Ich verjagte sofort die Angreiferin und kletterte jetzt selbst hoch. Es ging ziemlich gut, bis ich etwa eineinhalb Meter unter ihr war. Sie saß in einer Astgabel, total verschüchtert. Ich konnte sie nicht erreichen, da keine Äste zum Hochklettern mehr da waren. Ich konnte ihr nur noch zureden, beschwörend, eine gefühlte Ewigkeit. Immer wieder klopfte ich auf meine Schulter und zeigte ihr, dass es für sie nur so und nicht anders, möglich war, herunterzukommen. Ich beruhigte sie mit den Worten: „Komm nur, ich helfe dir. Du musst auf meine Schulter springen." Das war für sie fast unmöglich, denn sie hatte keinen Halt. Es würde nur funktionieren, wenn sie absolutes Vertrauen zu mir hatte. Was soll ich sagen? Irgendwann war die Schwelle überbrückt und sie sprang auf meine Schulter, um sich dann eng um meinen Hals zu schmiegen, zitternd und ängstlich. Jetzt war es noch schwierig, den Weg mit ihr nach unten anzutreten.. Ich konnte sie nicht festhalten, da ich meine Hände zum Klettern brauchte. Ich zeigte ihr, dass sie sich ganz still und fest um meinen Hals schmiegen sollte. Nochmals beschwor ich sie, Vertrauen zu haben, wir würden es schaffen. Es war schon ziemlich gefährlich, was ich da machte. Ein Fehltritt und wir würden unten landen. Sie vermutlich unverletzt, aber ich könnte mir meinen Hals und sämtliche Gräten brechen. Stückchen für Stückchen kletterte ich vorsichtig mit meiner kostbaren Last nach unten. Sie lag ganz still. Vermutlich sagte ihr der Instinkt, was da geschieht und sie mir vertrauen konnte. Wir erreichten den Boden unverletzt und glücklich. Sie stürzte sich erleichtert auf ihren Napf mit frischem Essen. Es war inzwischen 7:30 Uhr geworden.

Die 3 Monate, in denen wir in dem Zimmer wohnten, genügten, um uns noch inniger aneinander zu schweißen. Sie lief jetzt wie ein Hündchen überall mit mir herum, hatte dadurch auch keine Angst mehr vor Mowamwe, da ich sie ja beschützen würde. Das wusste sie. Mit Charly war sie kumpelhaft verbunden und die beiden Tiere putzten sich gegenseitig. Oft lagen sie eng aneinander geschmiegt in der Sonne und genossen ihr Katzenleben. Ob Eulchen in dieser Zeit jemals Klaus vermisste, weiß ich nicht. Sie gab mir keine Zeichen dafür.

Endlich war es Zeit, zurück nach Deutschland zu gehen. Klaus hatte in der Zwischenzeit eine Umschulung zum Informatiker angefangen und für uns eine Wohnung in Wiesbaden gefunden. Zwar nur eine kleine Souterrain Wohnung, aber wir würden endlich wieder allein und zusammen sein. Es ist doch beschwerlich, mit fremden Menschen zusammen zu wohnen, obwohl sie sehr gut zu mir waren. Die kleine, möblierte Wohnung hatte ein Wohnzimmer, Schlafzimmer, Bad und Küche. Die Decke war so niedrig, dass man sie ohne Mühe anfassen konnten. Die Luken zur Straße hin waren vergittert. Aber, sie hatte Zugang zu einem Garten und so konnten wir Eulchen ihre Freiheit geben, zumal sie in einer sehr ruhigen Straße lag.

Da wir keinen Kratzbaum hatten, fing Eulchen an, die Tapeten zu zerfleddern. Wir seufzten schon bei dem Gedanken, was wir an Renovierung bezahlen mussten, wenn wir wieder auszogen. Es war uns von Anfang an klar, dass das nur eine vorübergehende Bleibe werden würde. Die Eule war eigentlich ganz zufrieden dort. Sie hatte ihren Ausgang und konnte nach Herzenslust ihr Haar überall auf Sofa und Sitzen verteilen und auch ihre Umgebung markieren.

Obwohl sie gewohnt war, raus zu gehen, hatte sie keine Beute gemacht und nach Hause getragen, wie ihre Vorgängerin Fiepie. Sie war eine sehr friedliche Katze und liebte alles was lebt, aber manchmal, versehentlich, liebte sie auch etwas zu Tode. Eines Tages kam sie mit einem winzigen Mäuschen im Maul nach Hause. Es wurde nicht als Geschenk an uns übergeben, sondern es war jetzt ihr Kind. Sie hielt es zwischen ihren Füßchen und putze das winzige Tier, das wohl noch ein Baby war. Sie leckte und leckte und schnurrte laut vor Freude. Dann war es passiert. Sie ertränkte das Mäuschen in ihren Speichel! Plötzlich war das Tierchen tot und Eule ganz entsetzt. Das erkannte sie, dass es jetzt nicht mehr lebte und sie guckte uns fragend an. Wir begruben es im Garten.

Das aller Kurioseste passierte an einem Sonntagmorgen, als wir im Wohnzimmer saßen und einen Kaffee tranken. Die Eule war schon seit sehr früh draußen, nachdem sie ausgiebig gefrühstückt hatte. Es war ein sonniger Morgen und die Tür stand sperrangelweit offen. Plötzlich sahen wir unsere pechschwarze Katze hereinkommen, aber nicht allein. Was jetzt passierte war filmreif. Neben der Eule kam zusammen mit ihr und neben ihr spazierend, eine Maus! Eine große braune Feldmaus. Wir saßen mit offenem Mund da! Was passiert jetzt? Inmitten des Zimmers blieben sie stehen, oder eher, sitzen, nebeneinander! Jetzt hob unsere Katze ein Pfötchen und berührte sanft, mit eingezogenen Krallen, ihr Köpfchen. Die Maus wich ein Stück zurück. Dann kam sie, und stupste unsere Katze mit der Nase an. Das bedeutete wohl: „spiel mit mir", denn nun fing eine wilde Jagd an, quer durch die Wohnung, in einem Affentempo. Einmal floh das Mäuschen unter das Sofa, kam aber wieder heraus, als nichts passierte. Eulchen saß oben und wartete. Als sie das Köpfchen sah, hangelte sie wieder mit einem Pfötchen nach unten und tätschelte das Mäuseköpfchen. Die Maus kam wieder ganz nach draußen und die Jagd ging weiter. Irgendwann waren beide müde. Eulchen legte sich zufrieden auf die Couch. Und die Maus? Die fand ein Plätzchen in einem Pflanzentopf, der auf der Erde stand. Es rollte sich auf und schlief. Dieses Spiel dauerte 4 Tage. Sie spielten und schliefen, und ich bin mir nicht ganz sicher, aber wahrscheinlich aßen sie auch zusammen. Am vierten Tag spazierten Beide wieder nach draußen. Wir haben die Maus nie wieder gesehen.

An dieser Stelle muss ich über die merkwürdigen Freundschaften von Tieren berichten. So, zum Beispiel, haben unsere Katzen und Hunde immer friedlich zusammen gespielt und geschlafen, sogar ihr Essen geteilt. Ich habe Bilder gesehen von einem Huhn, das ein Hündchen „bebrütete", oder ein Video von einer Katze und einem Delphin!!! Das war so ein wunderschönes Bild, wie der Delphin langsam aus dem Wasser auftauchte und mit seinem Kopf den Kopf des Kätzchens berührte, es geradezu streichelte. Das Kätzchen hob sein Pfötchen und tätschelte den Delphin, ohne Krallen. Das Spiel dauerte eine ganze Weile und schließlich kamen mehr Delphine zum Boot, in dem sich das Kätzchen aufhielt und wollten mitspielen.

Ich habe einmal beobachtet, wie an einer Pferdekoppel eine Katze auf den schmalen Brettern des Zauns spazierte und immer wieder unter dem Pferdekopf hindurch lief, dabei mit ihrem Schwanz und Köpfchen das Pferd streichelnd. Immer und immer wieder. Das Pferd stand ruhig da und ließ es geschehen. Es war ein ruhiger Tag. In einiger Entfernung krähte ein Hahn und ein paar Spatzen landeten laut zwitschernd unten im Gras. Das Kätzchen hatte aber nur noch Interesse für ihren neuen Freund. Irgendwann setzte sie sich hin und begann sich zu putzen. Jetzt hob das Pferd seinen Kopf und drehte sich zu ihm hin. Ich dachte erst, es würde die Katze runterschubsen, aber ganz langsam und vorsichtig näherte sich der riesige Pferdekopf dem kleinen Kätzchen und beschnupperte es. Dann streichelte das Pferd die Katze und biss ihr, oh, so sanft, ins Genick und bewegte ihre Lippen über den Katzenkörper. Die Katze hob sich, gab Köpfchen und legte sanft ihre Pfote auf das Pferdeauge.

Oder die Szene, wo ein Täuberich ins Katzenohr gurrte und sehr verliebt war. Auch diese Katze benutze nie ihre Krallen. Ab und zu zog sie den Täuberich an sich ran, aber ließ ihn sofort wieder los. Der Täuberich fing sein Liedchen wieder an und gurrte und gurrte.

Es gibt mehrere Bilder von Katzen, die sich in eine Wiege oder ins Bettchen eines Babys legten und es geradezu beschützten. Allerdings habe ich in Südafrika miterlebt, dass eine Schlange im Bettchen eines Kindes ihren Schützling nicht gerade behütet, sondern wahrscheinlich eher dessen Wärme genoss. Ich erinnere mich, dass unsere Herzen fast stillstanden, als wir eine Kapkobra fanden, die eng an einem Baby geschmiegt lag! Das war eine sehr gefährliche Situation, denn die Schlange akzeptierte das Kind und dessen Bewegungen, aber sollten wir eingreifen, dann würde sie zubeißen.... und das Kind wäre tot. Da ich damals selbst noch ein Kind war, weiß ich leider nicht, wie dieses Dilemma geendet hat. Auf jeden Fall hat das Baby überlebt.

Die Eule ist noch drei Mal mit uns umgezogen. Jedes Mal hat sie es gut überstanden und freute sich sehr, immer schönere Wohnungen zu haben. Ihr nächstes Zuhause fand sie in einem Hochhaus im achten Stock. Damals hatten wir nicht die schönen Katzengitter, die man heutzutage am Balkon festmachen kann. Wir standen Höllenängste aus, dass sie vom Balkon hinunter stürzen könnte. Sie war jetzt schon älter und hatte nie versucht, das Geländer zu erklimmen. Sie begnügte sich damit, auf dem Boden zu liegen und sich in der Sonne zu wärmen. Danach hatten wir ein Haus mit Garten und wohnten im ersten Stock, an einer sehr ruhigen Straße. Hier konnte die Eule wieder Freundschaften schließen. Diesmal war es ein Frettchen, das ihr Essen stahl. Das

Tier kam einfach in die Wohnung und stürzte sich auf den Fressnapf. Unsere Eule saß daneben und freute sich. Sie schnurrte so laut, dass wir erst durch das Schnurren bemerkten, dass ein fremdes Tier in der Wohnung war. Das passierte mehrmals und die Beiden wurden auch irgendwie „Freunde".

Ihre letzte Wohnung war eine Dachgeschosswohnung in Mainz. Die Wohnung hatte 205m², verteilt über zwei Stockwerke. Ein Traum für jede Katze und für uns!

Eulchen war ihre Freiheit gewohnt. Offene Dachfenster waren für sie die Einladung, aufs Dach zu gehen. Ich war weniger ängstlich, da sie nun mal eine Katze war, aber mein Mann stand solche Ängste aus, dass wir versuchten, sie wieder herein zu locken. Die Dachschrägen hatten einen Winkel von 45°. Wir kletterten auf die Mansarde und öffneten das Fenster. Eulchen saß am Schornstein und fühlte sich richtig wohl in der Sonne, wir nicht. Wieder fing ich meine Besprechungen an, die ich schon häufig angewandt hatte, aber diesmal gelang es nicht wirklich. Sie kam zwar näher, aber immer wieder, wenn wir sie packen wollten, entzog sie sich unserem Griff. Jetzt wurde sie auch eher ängstlich und stieß ihre Nägelchen vor. Das bedeutete, dass sie auf den glatten Dachziegeln ins Rutschen kam. Mal hofften wir, dass sie von alleine käme, dann wieder versuchten wir, sie zu packen. Endlich gelang es uns, und wir zerrten unsere Katze wieder herein. Als wir das Fenster schlossen, guckten wir auf die andere Seite. Es war zum verrückt werden. Das andere Fenster war der Einstieg für den Schornsteinfeger und hatte zum Schornstein eine eiserne Treppe ausgelegt. Wenn wir diese Seite benutzt hätten, um sie hereinzurufen, wäre sie geradewegs über die Stufen reinspaziert!

Wie sehr Katzen Kranken gut tun, konnte ich bei meiner Nachbarin feststellen. Die arme Frau litt unter einer schweren Krankheit, die sie innerlich verbluteten ließ. Ihr Mann pflegte sie liebevoll. Sie liebte Eulchen über alles und hatte in der Vergangenheit auf sie aufgepasst, wenn wir in Urlaub waren.

Ich schnappte mein Kätzchen und brachte es nach unten, wo sie noch nie gewesen war. Ich trug es mit beruhigenden Worten in die fremde Wohnung. Eulchen wurde sofort ruhig und blieb auf meinem Arm sitzen. Im Schlafzimmer, wo meine Nachbarin im Sterben lag, trat ich näher. Eulchen bewegte sich nicht. Wusste sie etwa, dass sie eine Hilfe für die Sterbende war? Die Nachbarin streichelte es mit ihrer letzten Kraft. Als ich Eulchen ganz nah an ihr Gesicht brachte, konnte sie das Katzenköpfchen küssen. Eule war ganz ruhig, obwohl sie die Nähe der Frau bestimmt nicht als angenehm empfand. Es heißt ja, dass Katzen den Tod riechen können. Zwei Tage später war die Nachbarin gestorben. Eulchen hatte sie auf einem kurzen Stück des schweren Weges begleitet.

Sie sollte noch mehrere Jahre unsere treue Gesellin sein, bis sie in hohem Alter von 16 Jahren verstarb. Die Leere war ungeheuerlich. Niemand begrüßte uns, wenn wir nach der Arbeit nach Hause kamen. Es war kein kleines warmes Körperchen mehr, das sich an uns schmiegte. Kein freudiges guten Morgen Küsschen. Wir vermissten sie entsetzlich und vor allem Klaus, der von zu Hause aus arbeitete, fühlte sich so allein. Trotzdem wollte er nichts mehr davon wissen, wieder ein Katze oder sogar zwei zu nehmen und ich musste all meine Überzeugungskraft einsetzen, damit er endlich zustimmte. Dann entschlossen wir uns, zwei Geschwisterchen aufzunehmen, sobald sie alt genug waren, von der Mutter getrennt zu werden.

Kapitel 5

Plato und Birnchen

Wir hatten davon gehört, dass ein Wurf Katzen bei Freunden auf einem Bauernhof in Thüringen demnächst das Licht der Welt erblicken sollte. Aber sechs Wochen mussten wir warten, bevor wir die Katzenkinder besuchen und vielleicht adoptieren konnten. Alles wurde vorbereitet. Wir kauften ein Katzenklo und Futter für Katzenkinder; nach Eulchens Tod hatten wir ja alles weggeschafft. Alles andere würde sich von selbst finden.

Wir kamen auf dem Bauernhof an und wurden -vermutlich von der Katzenmutter- begrüßt. In einiger Entfernung lag ein großer schwarzer Kater, der sich überhaupt nicht für uns interessierte. Die Babys waren eingesperrt, damit wir unsere Kätzchen aussuchen konnten. Es waren vier, getigerte und schwarze. Die zwei Getigerten waren besonders hübsch. Die Kleinere von den Beiden war wohl das Weibchen und sehr unternehmenslustig. Plötzlich waren sie weg, verschwunden. Die Bauersfrau lachte und meinte, wir sollten aufpassen, gleich wären sie wieder da. Und tatsächlich, nach ein paar Minuten erschienen sie, quietschvergnügt aus einer Rohröffnung. Es waren Heizungsrohre, die vom Kachelofen durch die verschiedenen Räume liefen. Die Kleine war offensichtlich die Anführerin. Jetzt kam sie zu uns. Müde nach ihren Abenteuern und legte sie sich in meinen Schoß. Die Wahl war getroffen.

Die erste Autofahrt war eine Qual für die Kleinen. Hier bekam der Kater seinen Namen. Während sein Schwesterchen unruhig quengelte, legte er sich hin, platzierte eine Pfote auf ihr Körperchen und schien zu sagen: „mach dir keine Sorgen, alles hat ein Ende." Dieses stoische Verhalten und die Redensart gaben ihm den Namen „Plato", nach dem großen Philosophen.

Birnchen dagegen bekam ihren Namen, weil sie immer mit ihrem, noch ziemlich schweren, Babyköpfchen hin und her wackelte, vor allem, wenn sie aufgeregt war und irgendetwas Leckeres vor ihren Augen hin und her bewegt wurde. Das Birnchen wackelte mit jeder Bewegung mit.

Sie war komplett anders als ihr Bruder, quirlig und neugierig. Er dagegen, war die Ruhe selbst. Sogar als kleines Kätzchen konnte ihn nichts aus der Ruhe bringen. Er war eben der Philosoph in der Familie.

Plato und Birnchen zogen in unsere Wohnung ein und übernahmen von da an die Regie. Alles drehte sich um die Beiden. Nicht wir, sondern sie bestimmten, was geschehen soll und wer erzogen wird. Sie waren die Chefs. Meine Seite des Bettes wurde von Beiden auserwählt. Sie lag mit mir auf meinem Kopfkissen und Plato hatte die Kuhle zwischen meinen Beinen auserwählt. Ein vorsichtiges Umdrehen nachts wurde damit quittiert, dass er sofort wieder seine Stelle, diesmal auf meinen Beinen, aussuchte und dort bis zum Morgen blieb. Es konnte sein, dass ich kaum atmen konnte, weil ein Katzenpfötchen oder auch andere Körperteile von Birnchen mein Gesicht bedeckten. Merkwürdigerweise schliefen sie nur bei mir. Die Seite meines Mannes war herrlich leer und er hatte viel Platz. Manchmal versuchte ich, den Beiden komplett meine Seite zu überlassen und kroch vorsichtig zu meinem Mann hinüber. Kaum war ich an ihn angekuschelt, da kam die Bande wieder. Jetzt hatte ich noch weniger Platz. Es war aber trotzdem so ein herrliches Gefühl von Vertrauen und Liebe, wenn sie auf der Bettdecke auf meinem Bauch kneteten, bevor sie sich zum Schlafen hinlegten. Das zweifache Schnurren und die Freude, die davon ausgeht, kennen nur Katzenliebhaber.

Mit der Zeit entwickelte Plato sich zu einem wahren „Akupressist". Oder wie nennt man so Jemanden? Er beherrschte Akupressur aus dem F-F. Er fing an den Füßen an, balancierte auf meinem Bein, machte eine Pause und knetete und schnurrte. Merkwürdigerweise traf er genau einen Punkt, der weh tat. Er massierte diesen Punkt so lange, bis ich keinen Schmerz mehr fühlte. Dann wanderte er langsam hoch an meinem Bein und fand wieder einen Punkt auf der Hüfte. Da weilte er dann eine ganze Zeit mit Hingabe, die Augen geschlossen und knetete und knetete. Die Reise ging weiter zu den Schultern, wo er sich auch lange, direkt auf dem Akupressur Punkt, aufhielt. Ohne weiter zu kneten machte er eine Drehung und legte sich mit einem zufriedenen Seufzer auf seinen Platz, meine Beine. Ich wollte ihn schon patentieren lassen. Ich sehe die Werbung vor mir: „Katze findet jeden Schmerzpunkt und massiert ihn weg."

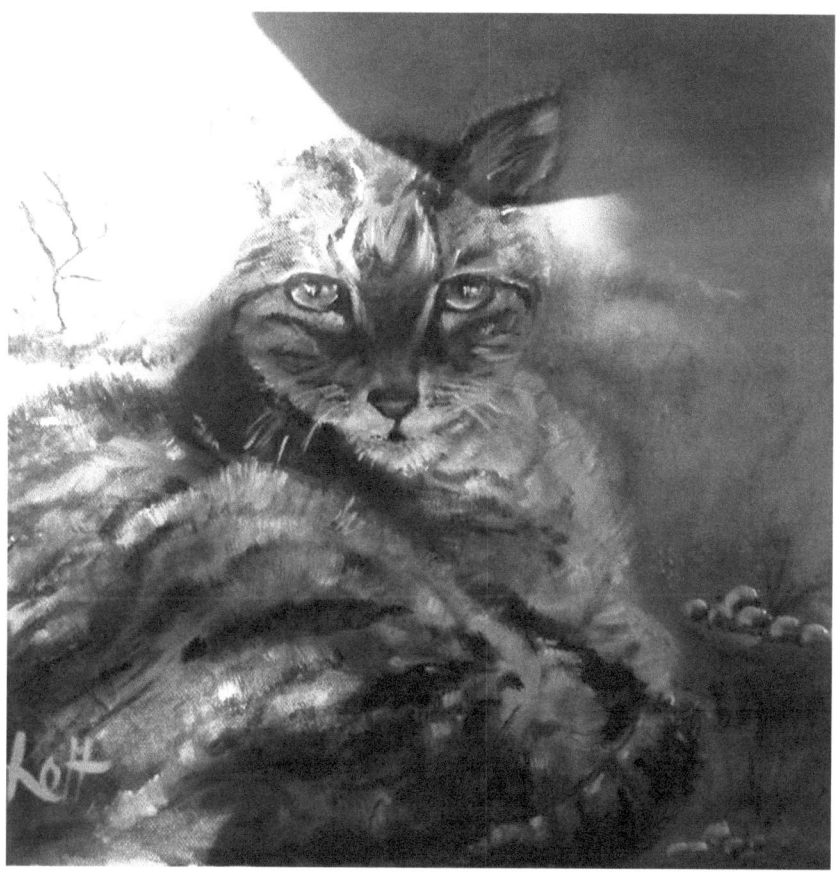

Plato war nicht nur Philosoph, er hatte auch anscheinend Physik gelernt. Wenn wir beim Frühstücken saßen, saß er auf der Ecke des Küchentisches vor seinem Wasserbehälter. Er trank nur Wasser aus diesem Topf und nur auf dem Tisch. Eines Tages entdeckte er den Brechungsindex des Wassers. Sein Behälter war ein Messbecher aus Glas. Er saß mit einem verträumten Blick da und hielt sein Beinchen davor. Er beobachtete, dass es durch den Lichteinfall im Glas nicht mehr gerade war, sondern gebogen. So zumindest interpretiere ich das. Auf jeden Fall nahm er erschrocken sein

Bein wieder weg und guckte hinter den Behälter. Dann wiederholte er das Ganze. Wir haben Tränen gelacht.

Er war auch fasziniert von seinem Spiegelbild. Später, als ich nach Rockenhausen umzog, baute mein Freund ihm extra einen Spiegel und hängte diesen an den Esstisch, damit Plato sich bewundern konnte . Ich weiß, die Meinungen gehen auseinander, ob eine Katze sich selbst im Spiegel erkennt oder nicht. Ich bin davon überzeugt, dass er auch erkennen konnte, was hinter ihm geschah. Wenn ich meine Hand so über ihn hielt, dass er sie nur im Spiegel sehen konnte, drehte er sich um und gab Köpfchen.

Plato war auch der Erfinder in der Familie. Er entdeckte, dass er bei Schnee im Trocknen sitzen konnte, wenn er sich einen Tunnel gräbt. Ich hätte davon ein Bild machen müssen, denn es sah goldig aus, wenn er trocken in seiner Tunnelröhre und Birnchen bis zum Bauch neben ihm im Schnee saß.

Seine Kombinationsgabe war erstaunlich. Eines Tages spielte mein Mann eine CD zur Überprüfung der Qualität, und man hörte einen Sturm. Es war ein wunderbarer, sonniger Tag. Plato lag in seiner Katzenhängematte und schlief. Plötzlich war Regen zu hören und ein beginnendes Gewitter. Er war total irritiert, lief zur Tür und schaute raus in die Sonne. Dann saß er da und guckte nach oben, kein Regen. Er konnte einfach nicht begreifen, weshalb er Regen und Donner hörte, wo es doch so ein schöner, sonniger Tag war.

Birnchen hatte nicht solche Talente. Ihre Begabung war, Diebesgut aus allen Ecken wieder hervor zu holen, zusammen mit Staub und Dreck. Das waren dann Stücke von Würstchen oder Anderes, womit zuerst gespielt worden war, bevor es aufgegessen wurde. Oder in diesem Fall nicht aufgegessen, sondern auf Katzen-Hockey-Manier unter ein Möbelstück befördert wurde. Kennt Ihr das? Mit dem Pfötchen rasend schnell alles vom Tisch fegen und damit in Affentempo durch die Wohnung galoppieren, bis es weg ist? Das konnte bei Birnchen alles Mögliche sein, von Knöpfen bis zu Kulis oder Farbbänder. Radiergummis waren auch sehr beliebt oder eben diese Würstchenstücke, die dann mit der Zeit anfingen zu riechen. Wahrscheinlich fand sie ihr Beutegut deshalb wieder.

Sie hatte noch eine merkwürdige Eigenart. An einer, mit Teppichboden bekleideten Wendeltreppe der Wohnung sprang sie von unten hoch und hangelte sich an der Rückseite bis oben hin. Immerhin war die Treppe 4 Meter hoch. Es kam kaum vor, dass sie die Treppe normal hoch spazierte.

Sie beherrschte auch die Fähigkeit, mit 80 km pro Stunde

durch die Wohnung zu sausen und ohne anzuhalten durch einen Türspalt zu flitzen, ohne sich den Schädel einzurammen. Sie konnte auch auf dem Balkon auf einer zweifingerbreiten Balkonbrüstung balancieren, immerhin im dritten Stock. Ich stand dann Höllenängste aus und lockte sie mit Leckerlis immer wieder zurück. Dann sah sie zu mir auf, mit einem Gesichtsausdruck: „Was hast Du denn Mami?"

Trotz Platos philosophischem Tun, passierte mit ihm das erste Unglück. Sie waren gerade mal 8 Wochen alt, als er auf den Eisenpaneelen unserer Empore im ausgebauten Dachgeschoss balancierte. Unsere Wohnung hatte keine Zwischendecke und maß vom Wohnzimmer aus 4,80m bis zum Dachfirst. Eine Wendeltreppe führte aus dem Wohnzimmer zu einer offenen Empore, wo wir eine Art Lesezimmer eingerichtet hatten und auch der Fernseher stand. Eisenträger umrahmten das „Zimmer". Auf der anderen Seite war ebenso ein offener Raum, der als Stauraum genutzt wurde.

Unter den Eisenbalken verliefen Holzpaneele, die einen schönen Abschluss ergaben, wenn man von unten nach oben blickte. Das Kätzchen inspizierte die Holzpaneele und fand eine Öffnung. Und weg war es, unter den Plafond. Jetzt kam aber Panik auf. Alles Rufen und Betteln brachten nur ein verängstigtes Miauen zum Vorschein, aber keinen Kater. Wir holten eine Leiter und ich kletterte nach oben. Jetzt konnte ich wenigstens sein Köpfchen sehen. Ich versuchte, ihn zu streicheln, aber er zog sich sofort zurück. Es brauchte ungeheuer viel Zureden, bis er endlich wieder an die Öffnung kam. Ich hatte jetzt meine Hand hineingesteckt und streichelte ihn. Er beruhigte sich allmählich. Ich konnte ihn aber nur herausbekommen, indem ich ihm wehtun musste. Das war schrecklich für mich, aber eine andere Lösung gab es nicht. Meine Hand war dünner und kleiner als die meines Mannes. Deshalb musste ich versuchen, Plato da wieder rauszubekommen.

Ich hatte ihn! An seinem Kopf zog ich ihn raus, schnell und mit einem Ruck. Er schrie kurz auf, war dann aber frei. Er kroch auf meinen Hals und zitterte. Gott sei Dank, er war unverletzt. Als wir wieder auf dem Boden waren, wurden wir beide von meinem Mann „betütelt", und Plato bekam sofort etwas Leckeres. Birnchen guckte nur mit großen Augen und fing sofort an, ihren Bruder zu putzen.

Irgendwann spielten sie wieder oben und mit Schrecken sah mein Mann wie Plato aus 4m Höhe zu Boden stürzte, um sich wie ein Wollbällchen zu rollen, kurz zu schütteln und weiter zu spielen. Katzen sind eben wie Kinder oder Besoffene.

Eine lange Zeit passierte nichts mehr und wir lebten alle glücklich und zufrieden. Die Kätzchen wurden älter. Bis zu dem Tag, an dem Plato um 5:00 Uhr morgens so lästig war und mich stets wieder weckte. Immer wieder sprang er auf das Bett und wieder runter, allein, ohne seine Schwester. Ich war sofort hellwach. Alles was die Beiden machten, machten sie zusammen. Irgendetwas war passiert! Plato führte mich geradewegs zum Balkon. Aber da war kein Birnchen. Wir wohnten auf der 3. Etage eines Mehrfamilienhauses. Unter uns wohnte noch eine Familie, dann unser Vermieter mit einem prächtigen Garten mit altem Baumbestand. An der Mauer wuchsen Efeu und Rankrosen. Birnchen war nicht zu sehen. Leise rief ich ihren Namen. Es war ja schließlich 5:00 Uhr morgens. Dann ertönte ein Ruf, der von einem Löwen stammen konnte. Laut schrie sie „Mauuuuuhh!!!" Sie war runtergefallen und saß im Efeu fest. Schnell rannte ich nach unten in den Garten und rief wieder leise. Ihre Antwort konnte ein ganzes Haus wecken. Sie kauerte auf einem Ast des Efeus und konnte nicht weiter. Es wiederholte sich die Szene von Südafrika. Wieder musste ich eine Katze „runter sprechen" bis sie in meine Arme sprang. Mit einem zitternden Bündelchen eilte ich die Treppe hoch in unsere Wohnung. Mein Mann war von Birnchens Geschrei und meinen Lockrufen wachgeworden. Kreidebleich begrüßte er uns.

Kapitel 6

Plato, Birnchen und die Siebenschläfer

Die Jahre vergingen für unsere beiden Tierchen. Sie fühlten sich wohl, glücklich und hatten überhaupt keine Verletzungen oder Krankheiten. Sie hatten 205 m² zur Verfügung zum Spielen, Dösen oder Schabernack treiben. Außerdem durften sie fast alles und konnten ihre Schlafplätze nach Belieben aussuchen.

Unsere Dachgeschosswohnung verfügte über eine Loggia, die um das Haus verlief. Ich hatte viele Pflanzen. Wilder Wein rankte von unten nach oben und schlängelte sich um die Balken der Balkonrüstung. In einer Ecke wuchsen auch richtige Weinreben. die uns jedes Jahr herrliche Trauben bescherten. Die wurden allerdings auch heiß begehrt von unserer Familie Siebenschläfer, die das ganze Jahr von uns mit Vogelfutter gefüttert wurden. Dauergast war auch eine Familie Eichelhäher. Zuerst kamen die Eltern alleine. Als sie aber Junge bekamen, brachten sie uns alle vier Kinder. Sie waren so zahm, dass wir sie herbeirufen konnten, wenn wir etwas ganz Leckeres hatten. Dieses mussten sie sich dann aber auch teilen mit einer Familie Eichhörnchen, die auf dem überdachten Teil unserer Loggia ihre Babys bekamen und jetzt auch zu viert waren. Wir hatten einen ganzen Zoo an wilden Tierchen und freuten uns so sehr darüber. Die Katzen hatten ihre Freunde, und für sie war das ein Erlebnis wie Katzenkino.

Eine typische Szene füge ich hier als Sketch bei.
Bühnenbild:

Abenddämmerung. Leise Klänge eines Klassikkonzertes aus dem Wohnzimmer. Plato und Birnchen vor den Weintrauben mit erstauntem Blick auf einen Siebenschläfer, der mit allen Vieren nach unten hängend auf einem Holzbalken liegt, das Bäuchlein prall und rund.

Er: „Was macht der da? Er liegt einfach so rum!"

Sie: „Oh, oh, Mama wird nicht begeistert sein. Er hat wohl alle Trauben abgefressen!"

Er: „Sollen wir probieren ihn, zu fangen?"

Sie: „Nein, das wäre nicht fair. Er ist so vollgefressen, er kann sich gar nicht wehren."

Er: „ Ja, du hast Recht. Das macht dann auch keinen Spaß, wenn wir ihn nicht jagen können."

Sie: „Sollen wir Mama holen?"

Er: „Nein, dann verjagt sie ihn womöglich. Und wir haben keinen Spaß mehr."

Sie: „Was willst Du denn machen?"

Er: „Wir können sein Bäuchlein kitzeln und gucken, ob er sich erschreckt."

Sie: *(hoffnungsvoll)* „Mit den Krallen?

Er: „Nein. Dann ist er gleich tot. Das wollen wir doch nicht."

Sie: „Ach ja."

Er: „Wir können ihn aber beschnuppern und sehen ob ihm das gefällt."

Sie: *(jetzt gelangweilt)* „Das gefällt ihm bestimmt nicht. Komm wir gehen lieber gucken, ob unser Napf gefüllt ist. Ich habe Hunger."

Er: *(jetzt auch abgelenkt)* „O.K."

So friedlich wie die Beiden auch waren, so gelang es doch tatsächlich Plato, dem Philosophen, blitzschnell ein Eichhörnchen-Baby zu packen. Allerdings nicht mit Würgegriff, sondern einfach am Nacken, wie alle Katzenmütter, wenn sie ihre Babys wegtragen. Das Eichhörnchen-Kind fiel dann auch sofort in Tragestarre. Klaus war zu Tode erschrocken und rettete das Kind dadurch, dass er einen Eimer Wasser über den Kater goss. Das half, und Plato ließ sofort los. Das war jedoch noch immer keine Lehre für das Kind. Eine kurze Weile später saß es schon wieder am Futternapf, als ob nichts geschehen wäre.

Kapitel 7

Philosophie über Katzen

Katzen -. was für geheimnisvolle Wesen sind das? Für mich gibt es kein Tier, das uns so viel Gefühl und Sinnliches vermitteln kann wie die Katze.

Das Streicheln zum Beispiel. Man legt die Hand auf den warmen, vibrierenden Katzenkörper. Die Hand ist gespreizt und die Fingerkuppen führen einen sanften Druck aus. Die Katze reckt sich. Das Haar an der Schwanzwurzel spreizt sich und verkörpert göttliche Wonne. Für sie – und für mich. Das Köpfchen hebt sich und streckt sich einem entgegen. Mit meiner Nasenspitze berühre ich die, oh, so weichen Flaumhärchen hinter den Ohren. Sie riecht parfümiert. Ein herrliches blumiges Parfum, das sie mit der Zunge über den ganzen Katzenkörper verteilt. Sie legt sich auf den Rücken, die Beinchen gespreizt. Mit meiner Hand streichle ich gegen die Haarrichtung ihren Bauch in Richtung Kopf. Die Ärmchen fallen auseinander. Ich massiere die Gummisohlen ihrer Füßchen. Sie spreizt die Zehen und streckt sich in die Länge. Es ist die vollkommene Entspannung und Hingabe, volles Vertrauen.

Ich habe mal einem Jungen, der sehr schüchtern war und keine Ahnung hatte, wie man mit Mädchen umgehen muss, gelehrt, wie man eine Katze berührt. So kann man auch seine Angebetete berühren.

Das Katzengesicht. Die Augen, die einen mit so viel Liebe anschauen können, die gelben, grünen oder blauen. Manchmal sieht es aus als ob es lächelt, die Augen zu einem Schlitz gezogen, die Mundwinkel leicht angehoben. Das nenne ich immer das „Baby Face". Diese Mimik geht meistens einher mit Kneten und Schnurren. Das kann das Tier mit so viel Wonne.

Es gibt auch das *„Luftkneten"*. Das machte mein Plato so gern. Wenn man sein Bäuchlein gestreichelt hat, streckte er seine Ärmchen und fing dann an, in der Luft zu kneten, ganz, ganz langsam und mit Hingabe.

Die Launen der Katze. Nicht jede Katze ist so zuverlässig, was ihre Laune betrifft. Vor allem die Weibchen können richtige Zicken sein. Man streichelt sie und sie genießen es. Dann, scheinbar ohne Vorwarnung, hat sie anscheinend genug und schlägt aus. Nein, das ist nicht wahr. Eine Katze tut nie etwas ohne Vorwarnung. Man muss nur lernen, die Körpersprache zu lesen. Eine Katze – und ich glaube jedes Tier – gibt uns durch die Körpersprache genau Bescheid, was sie will und wie sie sich fühlt. Das leichte Wippen mit dem Schwanz und die etwas angelegten Ohren, sagen aus: „Lass mich in Ruhe. Ich habe genug." Dann sollte man aber auch wirklich aufhören mit Streicheln, sonst kriegt man eine gelangt.

Die Körpersprache der Katze. Die Sprache der Schwanzbewegungen sagt eigentlich alles aus. Wenn er sich nur leicht bewegt oder sogar in Ruhe ist, ist alles in Ordnung. Macht er heftige hin und her Bewegungen, sollte man auf jeden Fall aufpassen. Zittert nur die Schwanzspitze, ist die Katze krank und fühlt sich absolut unwohl. Steht ein Kätzchen vor einem, trippelt hin und her und zittert mit dem hoch gereckten Schwanz, bedeutet das, dass sie sehr aufgeregt ist und etwas haben will.

Kommt die Katze einem mit aufgerecktem Schwanz entgegen gelaufen, heißt das: „Schön, dass Du da bist. Ich freue mich."

Über die Sprache der Katzen habe ich bereits in einem vorigen Kapitel gesprochen. Jeder Katzenliebhaber mit eigener Katze weiß genau, was seine Katze ihm sagt, und die Kommunikation funktioniert meistens vorbildlich.

Das Putzen. Es gibt nichts, was eine Katze besser kann als das Putzen. Es gibt richtige Rituale. Sie macht eine Körpermassage, um sich wohl zu fühlen und sich zu beruhigen. Das schnelle Lecken bedeutet, dass die Katze verlegen ist. Zum Beispiel, wenn sie etwas fangen wollte und es misslingt. Dann fängt die Katze an, sich heftig zu putzen. Wenn sie sich fertig macht für die Nacht, wird sehr ausgiebig geputzt. Kaum fertig folgen zwei drei Umdrehungen auf der Stelle, dann kugelt sie sich ein und schläft. Wie beneide ich diese Tiere für diese Entspannung.

Und dann gibt es noch *bellende Katzen.* Habt Ihr das jemals gehört?

Klaus und ich saßen eines Morgens beim Frühstücken, als aus dem Nebenzimmer ein schweres, dumpfes Bellen kam, wie von einem Bernhardiner. Wir flogen beide hoch und rannten ins Wohnzimmer. Da war das Birnchen mit aufgeblähtem Bäuchlein, dick aufgeplusterten Schwanz und purer Freude. Sie schoss durch die Wohnung, und, wie bei einem Blasebalg, pumpte sie ihr Körperchen mit Luft auf, um mit lautem Druck die Luft wieder rauszulassen. Das verursachte dieses Geräusch.

Ich habe das noch einmal mit einer anderen Katze erlebt.

Über die *Essgewohnheiten der Katzen* könnte man ein ganzes Kapitel schreiben. Es gibt Katzen die alles in Rekordzeit verschlingen und schauen, ob es eventuell noch etwas zu klauen gibt. Es gibt andere, meistens Weibchen, die langsam und vorsichtig essen, ohne etwas aus dem Tellerchen zu verlieren. Oder so gepflegt, dass sie ausschließlich mit den Krallen das Essen angeln und genussvoll vom Pfötchen abschlecken. Dann wieder gibt es Chaoten, die das Essen überall herumtragen und alles verschmieren. Aber der Gipfel ist die Katze, die nur gefüttert werden möchte, am liebsten Bröckchen für Bröckchen vor dem Mäulchen oder mit rohen Stücken Huhn, durch die Luft geworfen, damit es gefangen werden kann. Das sollte man aber möglichst nicht unterstützen!

Kapitel 8

Unser schlimmstes Erlebnis

Plato und Birnchen lebten mit uns viele Jahre und, abgesehen von den kleinen Malheurs in ihren Kinderjahren, passierte zum Glück nichts Schlimmes mehr. Sie hatten so viel Bewegungsraum und Freiheit wie kaum eine Katze. Es war herrlich, von ihnen begrüßt zu werden, wenn man nach Hause kam. Mit Schnurren, kurzen Begrüßungslauten und hochgereckten, zitternden Schwänzchen warteten sie an der Tür.

Da ist noch so ein Phänomen, das die Katzen haben. Sie wissen haargenau, wann man kommt. Sie erkennen Motorengeräusche, das Klappen einer Autotür, und zwar, nur vom eigenen Auto. In einem Hochhaus mit Fahrstuhl „erahnen" sie, wann man ankommt. Ich habe keine Ahnung wie! Natürlich erkennen sie auch, ohne einmal Fehl zu liegen, die Schritte. Wenn eine Katze einen Heimkommenden nicht begrüßt, ist etwas nicht in Ordnung. Sie sind immer da.

Alles verlief friedlich in unserem Haus in Mainz-Hechtsheim. Zumindest für die Katzen Plato und Birnchen. Was haben sie wohl von den Problemen und Existenzängsten mitbekommen, von uns, ihren Betreuern, Freunden, Mami und Papi? Stimmungen kriegen Katzen sehr gut mit, die kleinsten Veränderungen und Nuancen in den Stimmen, die Tonlage und das Volumen. Das alles gibt ihnen Aufschluss darüber, ob es uns gut geht oder nicht. Allerdings haben sie von uns nie ein heftiges Wort oder Schreierei gehört. Wie bei meinen Eltern damals, die nie ein böses Wort zueinander gesagt haben, haben wir auch nie einander angefaucht oder beschimpft. Wir hatten ja auch nie etwas getan, was den Anderen verletzt hätte. Aber unsere Probleme waren gigantisch, und so manches Mal bin ich ins Bett gegangen mit der Frage: "Wie soll das weiter gehen?"

Wir sind ganze vier Mal nach Südafrika gezogen, und haben immer wieder alles hinter uns gelassen. Es heißt nicht umsonst: „Einmal umgezogen ist drei Mal abgebrannt." Wir mussten immer wieder Möbel neu anschaffen, da der Transport einfach teurer geworden wäre. Immer wieder von vorne, immer und immer wieder..

Die Umstände nagten sehr an meiner Gesundheit. Im Laufe der Jahre bin ich 22 Mal operiert worden und zum Schluss sah es sehr gefährlich für mich aus.

Hier kommt der Schwenk zu meinen Katzen. Als ich nach Hause kam, nach einer sehr schweren Operation, konnte ich noch nicht ohne Hilfe aus dem Bett klettern. Plato und Birnchen waren früher nicht zimperlich. Er sprang mit einem Platsch auf mein Bett, Birnchen vom Nachttischchen, ohne Rücksicht ob da nun ein Mensch lag oder nicht. Diesmal krochen sie leise von der Bettenden zwischen meine Beine, ohne mich zu berühren und legten sich sanft und leise zu mir. Aller höchstens legten sie ein Pfötchen auf mein Bein, als Trost. Wie wussten sie, dass ich Schmerzen hatte? Was wissen wir überhaupt von den Tieren und sie von uns?

Als wir in unser Paradies einzogen, lag das Haus in einem Gewerbegebiet. Um 17:00 Uhr kehrte Ruhe ein. Die Betriebe schlossen ihre Pforten und es wurde herrlich still. Damals lag das Gebiet noch nicht in der Flugschneise. Später flog alle 30 Sek. ein Flugzeug über uns hinweg. Man konnte dann die Balkontür nicht mehr auflassen. Ein Gespräch war nicht mehr möglich.

Als unser Vermieter, mit dem wir anfangs befreundet waren, auf seinen Landsitz im Hunsrück wegzog, kamen nach und nach immer schlimmere Mieter, die bald das Paradies in eine Hölle verwandelten. Der wunderbar angelegte Garten mit altem Baumbestand wurde Stückchen für Stückchen „saniert". Die alten Bäume wurden gefällt, da sowieso niemand mehr das Obst erntete. Die Geselligkeit des Hauses war dahin. Früher hatten wir nie unsere Tür verschlossen. Es war eher wie eine WG, wo jeder mit jedem befreundet war. Es gab früher viele Tiere im Haus. Unser Vermieter hatte selbst zwei Doggen und zwei Katzen, die immer am Wochenende ins Wochenenddomizil im Hunsrück mitgenommen wurden. Wir haben gegenseitig auf unsere Tiere aufgepasst. Es herrschte Glück und Frieden.

Jetzt wurde alles anders. Abgesehen davon, dass die neuen Mieter unfreundlich und rücksichtslos waren, veränderte sich das Gewerbegebiet. Jetzt hatten wir Tag und Nacht Kühllastwagen mit laufenden Kühlaggregaten, die uns jedes Bisschen Ruhe nahmen. Manchmal saßen wir da und sagten: „horch, eine Minute Stille!". Das hat so an unseren Nerven gezerrt, dass wir krank werden mussten. Klaus war am Schlimmsten dran, weil er keine Arbeit mehr hatte und nur für sich selbst, von zu Hause aus arbeitete, quasi als Privatier. Er fing auch an, eine neue Doktorarbeit zu schreiben. Er kam nirgendwo mehr hin und war nur diesem Lärm ausgesetzt.

Ich will nicht über die furchtbare Tage, Wochen, Monate und Jahre berichten. Dies ist ja ein Katzenbuch, aber trotzdem muss ich über die letzten Tage, nachdem Klaus gestorben war, reden, denn das hat wiederum mit Katzen zu tun.

An seinem letzten Tag, den 16. Juli 2007, saßen wir beim Frühstück und lachten zusammen über den Katzenkalender, der an der Wand hing. Es zeigte ein Bild von einem Kätzchen, das zusammen mit seinen eigenen Kindern, vier Küken in ihren Ärmchen hielt. Wir waren gerührt von so viel Mutterglück. Dann hörten wir das Geräusch einer Motorsäge. Ich rannte auf den Balkon und sah, wie ohne Not eine der alten Birken abgesägt wurde, Stück für Stück, bis nichts mehr übrig war. Das war das letzte bisschen Grün, was wir noch um uns hatten. Ich rannte zurück ins Zimmer und erzählte meinem Mann was geschehen war. Er versuchte, mich mit den Worten zu trösten: „Es passiert am Hinterhaus, und wir müssen das nicht unbedingt sehen". Der Morgen verlief schaurig, immer wieder das Knattern der Kettensäge. Bis heute zucke ich zusammen, wenn ich dieses Geräusch höre.

Dann kam der frühe Nachmittag. Ich hatte uns etwas zu essen gemacht, aber wir konnten Beide nichts schlucken. Mein Mann ging ins Wohnzimmer und nahm ein Buch. Wie immer, seit einem Jahr, als ich nicht mehr arbeiten konnte und krank geschrieben war, ging ich zu ihm hin und beugte mich über ihn, um ihm ein Küsschen zu geben. „Ich lege mich hin", sagte ich wie immer. Heute weiß ich, dass das, was er jetzt antwortete, sein Abschied an mich war.

„Gräm dich nicht so, mein Mädchen." sagte er zu mir, stand auf und nahm mich in den Arm. Er küsste mich so zärtlich und hielt mich einen Moment fest.

Als ich in meinem Bett lag, schaute ich auf das Blätterdach der anderen Birke, die vor unserem Haus stand, auch alter Baumbestand, bestimmt 50, wenn nicht 100 Jahre alt. Ich hörte wie unser Vermieter zu Jemandem unten sagte: „Na, schauen wir mal, wie wir den killen können!" Ich sprang auf, rannte ins Wohnzimmer und erzählte es meinem Mann.

Daraufhin rannte er nach unten, immerhin vier Stockwerke, und rannte wieder nach oben.

„Stopp ihn! Oder ich bringe noch jemand um!"

Er war kreidebleich und zitterte. Ich versuchte, ihn zu beruhigen und bat ihn, sich hinzusetzen. Jetzt rannte ich die Treppe hinunter und fand unseren Vermieter hinter dem Haus dabei, alles fertig zu machen, um den letzten Baum, unser letztes bisschen Grün, zu fällen.

Ich schrie ihn an, ob er denn verrückt geworden sei. Seine Antwort war wahrscheinlich der Grund, warum mein Mann gestorben ist:

„Wenn es Ihnen nicht gefällt, können Sie auch kündigen!", schrie er mich an.

Wir wohnten 25 Jahre dort und waren, wie vorhin berichtet, früher sogar mit ihm befreundet. Der Tod seiner Frau hat ihn in einen verbitterten, rücksichtslosen Greis verwandelt.

Im Nachhinein vermute ich, dass das das Letzte war, was Klaus gehört hatte.

Als ich zurückkam, fand ich meinen Mann nicht. Ich dachte, er hätte sich hingelegt, aber auch im Schlafzimmer war er nicht.

Dann sah ich unsere Kätzchen neben seinen Füßen, beide mit bedrohlich aufgeplustertem Schwanz. Er hatte einen Herzstillstand erlitten und war, wie ein gefällter Baum, ohne sich abzustützen, auf den Steinboden der Küche gefallen. Sein Gesicht, sein Kehlkopf und seine Stirn waren zerschmettert und er lag in einer großen, sich immer mehr ausbreitenden Blutlache. Er war tot.

Kapitel 9

Die Zeit danach

Die Zeit danach verlief wie in einem bösen Traum. Ich reagierte wie ein Roboter und plante nur eine Stunde im Voraus. Es war mir klar, dass ich nicht eine Minute länger als nötig in dem Haus leben konnte. Wie konnte ich laufen auf dem Boden, wo mein Mann gestorben war? Wie konnte ich in dieser Küche Essen für mich und meine Tiere zubereiten? Wie konnte ich überhaupt weiterleben?

Ich war trotzdem stärker als Plato. Er war total traumatisiert. Ich durfte nicht in seine Nähe kommen. Er lag unter einem Sessel und hat nur noch geschrien. Ich musste ihn zum Tierarzt bringen. Glücklicherweise war er nicht krank, nur, wie gesagt, traumatisiert. Mit viel Liebe und Zuwendung wurde er wieder wie früher.

Der Umzug fand gerade mal vier Wochen nach der Beerdigung von Klaus statt. Wir zogen in die Pfalz, nach Rockenhausen, in ein altes Sandstein-Haus mit Blick auf ein Bächlein. Das Haus war 200 Jahre alt und hatte noch die ursprünglichen Fenster und Kachelöfen. Genau wie in den Kindertagen der Katzen, führten Öffnungen zu den restlichen Zimmern im Haus, damit die Wärme verteilt wurde. Genau wie sie es kannten, verschwanden sie zuerst in den Öffnungen, um nicht mehr gesehen zu werden. Ich hatte Panik, da ich ja auch nicht wusste, wohin die Röhren führten. Aber nach einer Weile kamen sie pechschwarz vom Ruß wieder zum Vorschein. Ich hatte mit Absicht ihre geliebten Teppiche (türkische Kelims) nicht sauber gemacht, damit sie

sie wieder im neuen Haus erkennen würden. Das funktionierte glücklicherweise und sie waren jetzt fasziniert von der neuen Umgebung. Es war eine Dreizimmer Wohnung von 100 m² im zweiten Stock und eine fast 50m² große Terrasse. Sie waren vollkommen in Sicherheit.

Mit Freude entdeckten sie, dass es auch hier Siebenschläfer gab. Es dauerte nicht lange, bis so ein Kerlchen sich in die Wohnung verirrte und im Wohnzimmer saß, vor ihm, wie bei einer Gerichtsverhandlung, meine Beiden. Sie taten ihm nichts, und er schien sich vorstellen zu wollen. Bei der ersten Bewegung des Siebenschläfers jedoch begann eine wilde Jagd, die damit endete, dass er durch eine Fensteröffnung entschwand. Er hatte uns noch häufig besucht, und alles verlief im besten Einvernehmen.

Dann kam der Tag, an dem ich richtig verliebt war. Mein Vermieter zeigte mir eine bildhübsche, getigerte, junge Katze, vielleicht gerade mal ein Jahr alt, die ihm zugelaufen war. Ihr Fell war nach Wildkatzenart gezeichnet, und die Ohren liefen aus in luchsartigen Pinselchen. Solch eine wilde Schönheit hatte Ich schon lange nicht mehr gesehen. Ich nannte sie „Luxi". Luxi war ein Phänomen. Sie schien senkrechte Wände erklimmen zu können. Immerhin wohnten wir im zweiten Stock, und sie konnte gigantisch springen. Sie bezog jetzt ihre Wohnung auf die Terrasse und begegnete natürlich dabei meinen Beiden. Es verlief soweit alles friedlich. Nur in der Wohnung fauchte sie und wollte sich nicht so recht anfreunden

Als es Winter wurde, baute mein Freund ihr eine Leiter, mit der sie leicht vom Boden auf die Terrasse kommen konnte. Die benutzte sie erst zögerlich, dann routiniert und elegant wie ein Model auf dem ‚Catway', denn bei Schnee war ihre bisherige Aufstiegsakrobatik gefährlich.

Luxi wurde immer frecher und spazierte nicht nur bei mir durch die Wohnung, sondern auch bei meinem Vermieter. Beide Häuser lagen nebeneinander, nur getrennt durch die Terrasse. Es waren zwei eigenständige Sandstein-Häuser. In dem einen wohnten der Vermieter und seine Frau. Er hatte drei Stockwerke zur Verfügung. In dem anderen wohnten Plato, Birnchen und ich. Die Wohnungen in den Stockwerken über und unter mir standen leer. Somit hatten Luxi und meine Katzen mehr als genug Spielraum. Und das Schöne war, sie waren in Sicherheit, zumindest Plato und Birnchen, denn sie kamen niemals raus. Luxi dagegen war wild. Sie streunte überall hin und wurde sogar manchmal im Dorf gesehen. Später, lange nachdem ich ausgezogen war, fiel sie einem Auto zum Opfer. Die Lebenserwartung von Freigängerkatzen ist nun mal nicht hoch.

Der Clochard. Noch so eine Katzenseele. Von mir so getauft, da der Kater alt und nachlässig aussah. Er war vollkommen wild und wurde nur von uns gefüttert. Wir konnten ihn nicht anfassen. Er war eigentlich immer dreckig und musste schwere Kämpfe überstehen. Seine Ohren waren angeknabbert und hatten Teile herausgebissen. Clochard kam jeden Abend um die gleiche Zeit und nahm sein Futter. Eines Abends aß er nur wenig. Er blieb sitzen und lief nach dem Essen nicht sofort weg, wie üblich. Er wandte sich zu mir und schaute mich lange an. Wir kommunizierten über die Augen. Sie sagten mir: „Danke für alles. Danke, dass Du da für mich warst, als ich Dich gebraucht habe." Die Augen sagten weiter: „Meine Zeit ist gekommen. Du brauchst kein Essen mehr für mich haben. Es gibt mehr von meiner Sorte, die Deiner Hilfe bedürfen. Ich gehe jetzt dahin, wo Friede und Wärme ist. Danke Dir"

Clochard ging und kam nie wieder zurück.

Birnchen wurde krank. Sie aß nicht mehr richtig und hatte offensichtlich Schmerzen. Es dauerte noch einige Monate, in denen es ihr besser zu gehen schien, und wir wieder Hoffnung schöpften. Aber dann kam die Zeit, in der uns klar wurde, dass wir sie nicht mehr retten konnten. Das war so furchtbar. Jeder Tierbesitzer kennt diesen Moment. Ich will nicht darüber reden. Birnchen wurde 16 Jahre alt.

Jetzt war Plato allein. Wieder einmal stand ihm ein großer Umzug bevor.

Kapitel 10

Der Umzug nach Frankfurt

Ich wohnte mit meinen beiden Katzen insgesamt fast fünf Jahre in Rockenhausen, einer pfälzischen Kleinstadt. In dieser Zeit habe ich mich auch wieder verliebt und bin mit einem wunderbaren Mann zusammen, der mich und meine Katzen vollkommen versteht. Zuerst wohnten wir getrennt. Er hatte seine Wohnung in Neu-Isenburg bei Frankfurt und kam immer mal übers Wochenende zu mir. Als ich in Rente gehen musste, stellte sich heraus, dass ich mir mit meiner zu erwartenden Rente keine 100 m² Wohnung mehr leisten konnte. Ich beschloss umzuziehen. Mein neuer Mann ist ein überaus tierliebender Mensch und wir passen wunderbar zusammen. Vielleicht umso mehr, da wir nicht zusammen in einer Wohnung leben. Jeder hat seine eigene, gerade einmal durch eine Treppe von Stockwerk zu Stockwerk getrennt.

Plato hat den Umzug gut überstanden und sich sofort eingelebt. Ich wohne jetzt im 9. Stock mit Blick über die Skyline von Frankfurt. Auch hier habe ich einen relativ großen Balkon vollkommen sicher durch ein Katzennetz. Aber Plato war allein.

Wir beschlossen, ihm eine Kameradin zu besorgen. Sie sollte möglichst wie Birnchen aussehen.

Und so kam Lily. Plato war inzwischen 18 Jahre geworden. Lily war sechs Wochen alt. Jeder hat abgeraten und geunkt, dass man niemals einen alten Kater mit einem jungen Kätzchen zusammen bringen kann. Man kann!

Lilly zog ein als quirliges, kleines Bündel mit einer ungeheuren Energie. Nichts war vor ihr sicher. Sie erklomm jede Pflanze wie einen Baum und grub überall Löcher in meine Blumenkästen. Aber sie war süß! Oh, was war sie schön.

Glücklicherweise sah Plato das auch so. Er verliebte sich unsterblich in das kleine Wesen. Nach nur einer Woche spielten sie zusammen und schliefen aufgerollt beieinander. Plato verlor Gewicht durch seine Liebe und die neu entfachten Energien. Er wurde richtig schlank und benahm sich wie ein Teenager. Die beiden waren ein Herz und eine Seele. Er machte allen Schabernack mit.

Hier ein Sketch:

Titel: Wie weckt man Mama?

Bühnenbild: 3 Uhr morgens. Ein verdunkeltes Schlafzimmer. Ich in meinem Bett, schön zugerollt und selig schlafend. Beide Katzen im Bett.

Er: „Meinst Du wir können Mama jetzt wecken?

Sie: *(müde und sich genüsslich räkelnd)* „Ach, ich weiß nicht. Ich liege noch so schön. Mach Du mal"

Er: „o.k. ich fang mal an"

(Klettert vom Bett hoch und läuft um den Fernseher, dabei auf alles tretend, was Lärm macht, ein bisschen am Fernseher kratzend und leise Töne von sich gebend: Mraauh, Mraah)

Er: „Uuund? Macht sie was?"

Sie: „Nö, sie bewegt sich nicht."

Er: „o.k., ich probiere was Anderes"

(springt runter, läuft zum Schrank, hängt die Kralle in die Schranktür und fängt an, mit Wollust zu kratzen.)

Er: „Uund? Was macht sie jetzt?"

Sie: (*ein wenig gelangweilt*) „Och sie hat sich ein wenig bewegt. Ich bin aber noch so müde, lassen wir sie noch ein wenig schlafen."

Er: „o.k., ich gehe mal in die Küche und sehe ob da was zu essen ist."

(Ruhe)

5 Uhr morgens, gleiche Szene

Er: „meinst Du wir sollen es nochmal probieren?"

Sie: (*schon ziemlich wach*) „Ja versuch es noch mal."

(Das gleiche Ritual: um den Fernsehen laufend, Krach machend)

Er: „Tut sich was?"

Sie: „Ja, sie scheint genervt zu sein"

Ich: (*wütend*) „Nein!!! Hör auf!!! Gebt ihr endlich Ruhe!" (*ich dreh mich auf die Seite*)

Sie: (*erfreut*) „Sie scheint wach zu sein. Soll ich auch?"

Er: „Ja, mach mal. Wir probieren es zusammen."

(Es folgt das gemeinsame Lärm machen. Sie springt vom Bett, läuft zum Fensterbrett, fängt an, in die Pflanzen zu klettern und Erde auszugraben.)

Sie: „Wirkt das? Das macht sie meistens wütend"

Ich: „Oh Herr, lass Tag werden!"

Er: „ich will mal vorsingen." (*Fängt an, erst leise und immer lauter werdend: Mraau, Mraau, Mrauhuuu, Mähhh!*)

Sie: „Ich auch! Gurr, Girr Gruuh"

Ich: „Es ist nicht auszuhalten."

Sie: „Warte mal. Ich versuche was ganz Neues"
(Stille. Herrliche, entspannende, wunderbare Stille)

Ich: „Ob die wohl aufgegeben haben?" *(Drehe mich noch einmal auf die andere Seite und tatsächlich, ich schlummere wieder ein.)*

6 Uhr früh

(Platsch, sie springen vom Nachtkästchen direkt auf meinem Bauch)

Ich: *(schreiend und wütend aufspringend)* „Seid Ihr jetzt vollkommen verrückt geworden!!!!"

Jetzt sitzen sie auf dem Boden vor meinem Bett mit dem Ausdruck: „Was hast Du Mama, haben wir dich geweckt....?"

Wie kann man da noch böse sein?

Kapitel 11

Platos Tod

Plato war schon ein alter Kater mit seinen 18 Jahren. Die Liebe zu seiner kleinen Freundin Lily hatte ihn jung gehalten. Er lief auf ihren Spuren und vollbrachte Kunststücke, die er früher nie gewagt hätte. Sein Fellchen war glänzend und die Augen strahlend. Er war eindeutig glücklich und ich mit ihm.

Wir sind aber nun mal nicht unsterblich. In seinem 19. Jahr fing er an zu kränkeln und ruhte sich immer wieder aus. Wenn Lily ihn zum Spiel aufforderte, machte er zwar mit, aber nicht mehr mit so viel Vehemenz und auch nicht so ausdauernd. Er aß weniger und wurde zusehends dünner. Bis es nicht mehr nur dünn war, sondern schon mager. Seine Rippen konnte man fühlen. Er wog jetzt gerade nur noch 4kg. Ich machte mir ernsthaft Sorgen, aber er schien wenigstens keine Schmerzen zu haben. Er schnurrte und schmiegte sich immer wieder an mich. Ich entschloss mich, ihn doch einmal zum Tierarzt zu bringen. Die Diagnose war „Überfunktion der Schilddrüse". Er sollte jetzt Pillen schlucken. Das war fast unmöglich, da er kaum noch essen wollte.

„Der lange Weg zum ewigen Frieden"

Er hatte es selbst bestimmt, mein alter Kater Plato. Es war seine Entscheidung, nicht mehr länger leben zu wollen. Und ich respektiere das. Ich wollte nicht künstlich, aus egoistischer, falsch verstandener Tierliebe sein Leben verlängern. Ich wollte ihn nicht immer wieder zum Tierarzt schleppen, noch mehr Blutuntersuchungen machen lassen und noch mehr Medikamente kaufen, um ihn künstlich zu ernähren. Er wollte nicht mehr. Er zeigt mir das deutlich dadurch, indem er jetzt alle Nahrung verweigert. Bisher hatte er noch minimalste Mengen gegessen und mich danach liebevoll angeschaut, aber jetzt nahm er nichts mehr zu sich.

Wie lange noch? Würde er einfach einschlafen, wenn seine Zeit gekommen war? Ich hoffte es so. Auf keinen Fall würde ich ihn leiden lassen.

Wir hatten eine lange Zeit zusammen, 19 Jahre. Er hat so viel mit mir mitgemacht. Drei Umzüge überstand er mit mir, zuerst noch zusammen mit meinem Mann. Er hatte ein sorgenfreies Leben. Die Katzen, er und sein Schwesterchen, hatten einen großen Spielraum und viele Kameraden, zwei Eichhörnchen mit ihren Babys, zwei Siebenschläfer, die mir meine Trauben klauten während die Katzen fasziniert zuschauten und diverse Vögel, die bei uns zum Napf kamen. Sie langweilten sich nie.

Das waren die guten Zeiten. Es gab allerdings auch andere. Als Plato einen Harnleiterverschluss bekam oder als er fast starb nach dem Tod meines Mannes. Er hat erlebt, wie mein Mann wie von einem Baum gefällt, tot auf den Steinboden meiner Küche fiel und in seiner Blutlache lag. Er hat meinen Schmerz und meine Verzweiflung mitgemacht. Er und seine Schwester haben mich dazu gebracht, weiter zu machen.

Er erlebte wie seine Schwester vor 4 Jahren starb, aber auch wie Liebe sich anfühlt. Entgegen allen Ratschlägen, habe ich, als Birnchen starb, ihm ein junges Kätzchen von 6 Wochen gebracht. Nach einer Woche waren sie die besten Freunde und nach 3 Jahre war er richtig verliebt. Er wurde aktiv, spielte mit ihr und machte all ihren Unsinn mit. Er verjüngte zusehends. Er bekam ein glänzendes Fell und fühlte sich sichtbar pudelwohl. Jetzt war alles anders. Sie schliefen zwar immer noch eng aneinander gekuschelt, aber seine Lebensfreude war gebrochen.

Mein Kater ging ihn langsam, „den langen Weg zum ewigen Frieden."

Das habe ich geschrieben als ich so traurig war und nicht wusste, ob ich das Richtige tue. Drei Tage später war er tot. Er ist in ein Koma gefallen und nicht mehr aufgewacht. Lily habe ich die Gelegenheit gegeben, sich von ihm zu verabschieden. Sie hat ihn beschnuppert und saß still vor ihm. als ob sie ahnte, was vor sich geht. Als ich ihn aufhob und in seinem Korb packte, guckte sie mich fragend an.

In den Wochen danach verkroch sie sich und kam nur zum Essen zum Vorschein. Sie sprach nicht und spielte auch nicht mehr. Ich musste was tun. So entschied ich mich, eine arme Katze aus dem Tierheim zu retten.

Kapitel 12

Johnny's Einzug

Eine gute Bekannte, auch Katzenmama, erzählte mir von einem Katerchen mit einer ganz und gar unglücklichen Biografie: Ausgesetzt an einem Supermarkt; Tierheim, für ein paar Wochen: ein Zuhause, wieder Tierheim..., na ja eben ein Unglücksrabe in grau getigertem Fell.

Nach gründlicher Befragung der Tierschutzleute über meine Katzenerfahrungen durfte ich ihn abholen, ein schüchternes mageres Kerlchen, geschätzte drei Jahre alt.

Die große Frage war nun: Wie würde Lily ihn empfangen? Mit Plato hatte sie ja schnell Freundschaft geschlossen, und er hatte sie angenommen wie ein Kind.

Lily geriet in Panik, als „der Neue" ängstlich zögernd aus seiner Transportkiste herauslugte. Sie legte die Ohren flach, fauchte und verschwand hinter einem Bücherregal. So ging es Tage, Wochen, mit kaum merklichen Zeichen einer Annäherung zwischen Lily und Johnny, so hatte ich ihn getauft. Ich war in Sorge, denn zurück ins Tierheim …? Niemals !!!

Äußerlich schien er Plato immer ähnlicher zu werden. Das machte es für mich schwierig, meinen Schmerz über dessen Tod zu vergessen. Immerhin hatten wir 19 Jahre zusammengelebt.

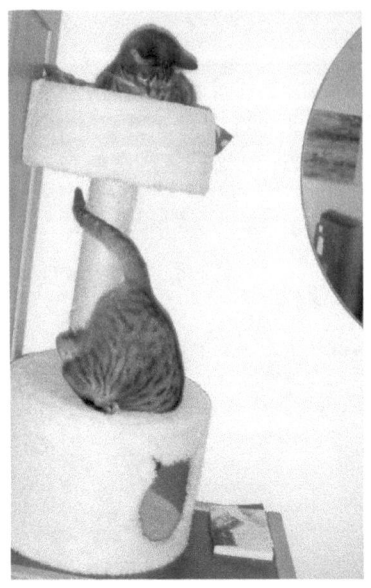

Johnny ist ein Grobmotoriker. Er meint nichts böse, nur kann er sich schlecht kontrollieren. Er stürzt sich auf Lily, packt sie im Nacken, und beide bilden ein Knäuel. Dann folgt eine wilde Jagd durch die Wohnung, mit ebenso wildem Geschrei.

Jetzt -nach rund vier Monaten- langsam aber sicher freunden sie sich an. Sie hat entdeckt, wenn sie flach auf dem Boden liegen bleibt bei seinen Attacken, dann legt er meistens nur ein beschützendes Ärmchen um sie. Beide schlafen auf meinen Beinen im Bett, wie die Katzen davor. Dann kann ich mich zwar nicht bewegen, bin aber so froh, dass sie sich angenähert haben. Natürlich haben sie auch so ihre Eigenheiten. Lily ist Frischluftfanatikerin, er hat's lieber warm, und beide lieben den dunklen Flur außerhalb der Wohnung. Ob der ihren Jagdinstinkt beflügelt? Sie haben auch einen gewissen Hang zur Technik, den ich hier separat beschreiben möchte.

Katzen und Technik

An dieser Stelle muss ich noch meine Beobachtungen beschreiben, dass Katzen zwar ungeheuer interessiert sind an Technik, aber dadurch manchmal Chaos anrichten. Notebook, Scanner bieten sich an. Johnny liebt es, auf dem Drucker zu liegen.

Ich probiere, zu arbeiten. Johnny kommt an und bevor ich ihn daran hindern kann, springt er auf die Tastatur: zzzzzzzzzzzzzzzzzzzzxxxxzzzzzzzz. Gott sei Dank, geht dadurch nichts verloren. Man muss es halt wieder löschen.

Dann legt er sich zufrieden auf den Drucker. Drucken ist also vorerst nicht mehr drin.

Auf meinem Scanner habe ich einen Katzensack, da Lily es liebt, dort zu liegen und mich bei der Arbeit zu beobachten.

Irgendwann wollte Johnny auch in den Sack aber als Grob-motoriker fiel er beim Umdrehen heraus und richtete großes Durcheinander auf meinem Schreibtisch an. Daraufhin packte ich den Sack wieder weg. Mein Scanner ist jetzt nur mit einem Handtuch bedeckt. Wenn er friedlich auf dem Drucker liegt, öffne ich leise die Abdeckung des Scanners und lege meine Vorlage hinein. Scanner zu. Johnny schläft nicht mehr. Er beobachtet die Veränderung, steht auf und klettert auf den Scanner. Der Scanvorgang beginnt. Huiiiih…Hiiiiiuh. Johnny ist fasziniert. Er sucht nun überall, woher das Geräusch und die Vibration kommen und fängt an zu graben. Was das betrifft, sind sie wie die Erdmännchen. Alles Ungewöhnliche wird durch Graben untersucht.

Das Gleiche geschieht, wenn ich das Telefon auf Lautsprecher stelle. Dann sind beide da und versuchen, die fremde Stimme da auszugraben, wo der Hörer liegt. Komischerweise finden sie es auch sehr angenehm, denn Lily fängt dann lauthals an zu schnurren. Johnny nicht, Johnny kann nicht schnurren.

Ich probiere mal wieder zu malen. Alleine auf dem Drucker zu liegen, findet Johnny auch nicht prickelnd, und wieder schleicht er sich an und versucht, die Leinwand von hinten zu bearbeiten. Er hilft mir mit heftigem Kratzen. Ich muss ihn verscheuchen.

Kaum zu glauben, aber irgendwann schlafen beide und ich kann endlich arbeiten. Wenn sie schlafen, dann schlafen sie. Nichts weckt sie mehr auf.

So verläuft dann der weitere Tag in Ruhe bis ich ins Bett gehe. Dann geht's wieder los!

Dennoch liebt man diese Tierchen.

Johnny und Lilly wohnen jetzt in Frieden und Katzenfreundschaft bei mir. Ich hoffe, sie werden mit uns alt.

Kapitel 13

Verschwundene Katzen

Kennt Ihr das auch? Die Katze beherrscht den sog. „Disappearing Trick" des berühmten Magiers Houdini, vollkommen vom Erdboden zu verschwinden. Dabei ist es unmöglich, dass die Katze weg ist. Alle Türen und Fenster sind verschlossen, aber die Katze ist unauffindbar. Sie reagiert nicht auf Rufen, Locken, Schimpfen. auf gar nichts. Sie ist weg.

Das geschieht dann, wenn man keine Zeit hat sie zu suchen.

Vor kurzem hatte ich einen Termin und musste pünktlich sein. Wie immer, bevor ich die Wohnung verlasse, sehe ich nach meinen beiden Katzen. Johnny war da und schaute neugierig, was ich so anstellte. Als bei allem Rufen keine Lily zum Vorschein kam, ich jede Ecke ihrer Verstecke durchgeguckt hatte, rief ich Johnny, damit er sie findet. Meistens weiß er genau wo sie ist. Auch wenn ich keine Ahnung habe. Diesmal saß er einfach da, als ich ihn aufmunterte mit „Such Johnny! Wo ist Lily?" Er wollte partout nicht helfen.

Die Zeit drängte. Ich suchte systematisch Schubladen und Schränke durch. Ich schaute unterm Bett, im Bett (sie kann sich komplett flach machen unter der Decke und man sieht sie nicht), aber keine Lily. Schließlich hörte ich in der Küche ein leises Kratzen. Ich riss das Schränkchen unter dem Kühlschrank auf, und ja, da saß sie, quietsch vergnügt in einem Hamsternest. Sie hatte eine alte Zeitung gefunden und diese in feinste Schnipsel verwandelt. Da saß sie mitten drin, umringt von Katzenstreu-Paketen.

„Warum meldest du dich nicht?" fragte ich vorwurfsvoll. Es war jedoch unmöglich, ihr böse zu sein. So stolz war sie auf ihr neues Versteck.

Johnnys Appetit ist gigantisch. Er schafft es ohne weiteres, 2x 200gr Dosen mit gutem Katzenfutter aufzuessen. Dann geht er an Lilys Schüsselchen. Sie bekommt ihr Essen separat. Wenn ich dann noch mit Hühnchen komme, was alle Katzen mögen, frisst er seine Portion, als ob er noch nie etwas bekommen hätte. Langsam gewöhne ich ihn auch durch ein Bröckchen Trockenfutter in Tatar versteckt daran, dass er eine Pille essen würde, wenn es jemals sein müsste.

Nicht auf die Teppiche

Auch das ist jedem Katzenbesitzer bekannt, das Kotzen auf den Teppich. Es ist ganz normal, dass Katzen sich übergeben, denn sie müssen ja irgendwie die beim Putzen aufgenommenen Haarballen loswerden. Dazu gibt man ihnen Katzengras, das sie mit Genuss abknabbern. Aber dann!!! Bruahh, Bruahh. Man rennt hin und hält ein Stück Papier unter die Katze. Sie läuft weg. Bruahh, Bruahh. Während man schreit „nicht auf die Teppiche!" wird die Ladung genau dort abgeliefert. Immer auf die Teppiche.

Hier fällt mir eine Anekdote ein, die nicht von mir stammt. Der Urheber ist mir nicht bekannt.

Wie kriege ich eine Pille in eine Katze?
27. Dezember 2012 um 20:28

1. Kuscheln Sie Ihre Katze sanft in die linke Armbeuge, so als würden Sie ein Baby halten. Öffnen Sie vorsichtig mit Zeigefinger und Daumen durch

leichten Druck beiderseits der Wangen das Maul und lassen die Tablette hineinfallen. Die Katze schließt das Maul und schluckt.

2. Heben Sie die Tablette vom Boden auf und holen Sie die Katze hinter dem Sofa vor. Schmiegen Sie die Katze wieder in die linke Armbeuge und wiederholen das Ganze.

3. Holen Sie die Katze aus dem Schlafzimmer zurück und werfen Sie die aufgeweichte Tablette weg.

4. Nun nehmen Sie eine neue Tablette, legen die Katze in die linke Armbeuge, wobei Sie die Hinterbeine gut festhalten. Öffnen Sie die Kiefer der Katze und schieben Sie die Tablette tief in den Rachen. Sie halten das Maul der Katze geschlossen und zählen bis 10.

5. Holen Sie die Tablette aus dem Aquarium und die Katze von der Garderobe runter. Rufen Sie Ihren Gatten aus dem Garten.

6. Knien Sie sich auf den Boden, mit der Katze zwischen Ihren Beinen eingeklemmt und halten die Vorder- und Hinterpfoten fest. Ignorieren Sie das leise Fauchen Ihrer Katze. Lassen Sie Ihren Mann den Kopf festhalten und ein Holzlineal ins Maul schieben. Die Tablette rutscht das Lineal entlang ins Maul und Sie massieren kräftig die Kehle.

7. Die Katze holen Sie vom Vorhang herunter und eine neue Tablette aus der Packung. Merken Sie sich vor, ein neues Lineal zu kaufen und den Vor-

hang reparieren zu lassen. Kehren Sie die kaputten Porzellanfiguren zusammen und richten sich den Klebstoff für später zurecht.

8. Wickeln Sie die Katze in ein großes Handtuch und lassen Ihren Mann darauf liegen, so dass nur mehr der Kopf der Katze hervorschaut. Die Tablette stecken Sie in einen Strohhalm, öffnen mit einem Bleistift das Maul und blasen die Tablette durch den Strohhalm hinein.

9. Schauen Sie an Hand des Beipackzettels nach, ob die Tablette für Menschen gefährlich ist und trinken etwas, um den widerlichen Geschmack loszuwerden. Bandagieren Sie den Arm Ihres Mannes und entfernen Sie die Blutflecken vom Teppich.

10. Holen Sie die Katze aus Nachbars Schuppen zurück. Nehmen Sie nun eine neue Tablette zur Hand. Platzieren Sie die Katze in einem Küchenkasten und zwar so, dass Sie ihren Kopf zwischen 2 Türen einklemmen. Mit einem Kaffeelöffel öffnen Sie das Maul und schießen mit einem Gummiband die Tablette hinein.

11. Besorgen Sie sich Werkzeug, um die Türen wieder in die Scharniere einzuhängen. Halten Sie eine kalte Kompresse an die Wange und sehen im Impfpass nach, wann Sie Ihre letzte Tetanusimpfung bekommen haben. Werfen Sie das kaputte T-Shirt weg und ziehen sich ein neues an.

12. Telefonieren Sie mit der Feuerwehr, damit die Ihre Katze vom Baum auf der anderen Straßen-

seite holen. Entschuldigen Sie sich beim Nachbarn, der seinen Zaun gerammt hat, als er versuchte, Ihrer Katze auszuweichen. Nehmen Sie die letzte Tablette aus der Packung.

13. Binden Sie die Vorderpfoten der Katze im Spagat am Esstisch fest. Suchen Sie die festen Arbeitshandschuhe. Mit einer Schraubzwinge öffnen Sie das Maul. Schieben Sie die Pille in das Maul der Katze und ein großes Stück Fleisch hintennach. Halten Sie den Kopf der Katze senkrecht und gießen ¼ Liter Wasser nach, um die Tablette runter zu spülen.

14. Lassen Sie sich von Ihrem Mann ins Spital fahren. Bewahren Sie Ruhe, während der Unfallchirurg Ihre Finger und den Unterarm näht und die Tablettenreste aus dem rechten Auge holt. Am Heimweg bleiben Sie bei einem Möbelgeschäft stehen, um einen neuen Tisch zu bestellen.

15. **RUFEN SIE IHREN TIERARZT AN, UM EINEN TERMIN IN SEINER PRAXIS AUSZUMACHEN!**

Kapitel 14

Ein Katzenkrimi

Von mir

W er war es?" brüllte die Stimme. Zwei dicke Beine in abgetretenen Latschen standen vor ihnen. Durch eine Laufmasche in dem dicken Strumpf schauten schwarze Haare hervor. Es war **die** Bedrohung.

„Hab ich euch nicht gesagt, ich will keine toten Mäuse in meiner Küche! Igitt, igitt, igitt!"

Minka guckte ihren Freund Samuell fragend an. Es hatte keinen Sinn, die Tat zu leugnen, da die Leiche zwischen ihnen lag. Eindeutig tot, obwohl, so zu sehen unversehrt.

Samuell sagte nichts und saß nur da. Die Unschuld selbst. Er fing an, sich zu putzen, verlegen, mit schnellen, ruckartigen Bewegungen.

Eine Hand hob die Leiche mit spitzen, schmutzigen Fingern am Schwanz hoch, so als ob sie ansteckend wäre, und trug sie weg. Mit einem verächtlichen Schnaufen ließ sie den Mauskadaver in eine Papiertüte fallen und schmiss alles in den Mülleimer.

„Sie hätte es uns doch da lassen können", maunzte jetzt Samuell. „Wir hätten sie doch noch aufessen können."

„Was ist los?" fragte jetzt eine sanfte, geliebte Stimme.

Die beiden stürzten auf sie zu und umschlängelten ihre Beine, schöne, wohlgeformte und gepflegte Beine.

„Was habt ihr denn jetzt wieder angestellt?" fragte die liebliche Stimme weiter. Sie hob die beiden Katzen hoch und trug sie in ihr Wohnzimmer. Minka sprang ihr sofort auf den Schoss und kuschelte sich genüsslich in die Armbeuge. Samuell zögerte noch etwas, sprang dann aber auch hoch und schob Minka ein wenig zur Seite. Beide fingen zu kneten und schnurren an.

„Ihr habt das mit Absicht getan, nicht wahr?" schmunzelte jetzt die Herrin. „Ihr mögt Janine auch nicht." stellte sie fest. „Wir müssen aber noch mit ihr auskommen. Ich habe sie ja von meinem Vater geerbt."

Die Gutsherrin streichelte ihre zwei Lieblinge. Die Köchin war ihr auch schon ein Dorn im Auge, vor allem, da sie so schmutzig und vernachlässigt aussah. Merkwürdigerweise war ihr Vater von dieser Person sehr angetan. Er hatte sie sogar in seinem Testament erwähnt und gut bedacht. Janine sollte im Haushalt bleiben.

Sie hatte es dann auch nicht übers Herz gebracht, der Köchin zu kündigen. Immerhin waren ihre Kochkünste hervorragend. Sie konnte nur die zwei Katzen nicht leiden. Minka war aristokratisch und eine Perserin, Samuell war ein ganz gewöhnlicher rostroter Hauskater. Die beiden waren die besten Freunde.

Die Mausgeschenke waren bestimmt nicht für die Köchin gemeint, sondern für die Herrin. Sie konnten allerdings nichts dafür, dass ihr Opfer, bevor es tot war, in die Küche rannte. Da bekam es dann auch meistens den Gnadenbiss.

Ein wohliges Feuer brannte im offenen Kamin. Die Herrin saß in ihrem gemütlichen Sessel und streichelte ihre Lieblinge.

Die Maus und die Köchin waren schon vergessen.

Kapitel 15

Stoekelbein – Ein Katzenleben von Trude Stolberg

(meine Schwiegermutter)

Weihnachten 1931

Es gibt viele Katzengeschichten von früher, die meisten allerdings aus der Literatur. Hier möchte ich eine wahre Geschichte von meiner Schwiegermutter erzählen. Sie hatte eine Katzenchronik verfasst, noch mit Schreibmaschine geschrieben, aber leider nie veröffentlicht. Ich habe versucht, so wenig wie möglich am Original zu ändern, auch nicht die Schreibweise von damals.

Ich finde die Geschichte sehr schön und möchte ihr einen Ehrenplatz in meinem Katzenbuch zu Teil werden lassen.

Geht nicht mit verschlossenem Herzen durchs Leben,
Nicht viel braucht's um andere Freude zu geben.
Drum liebet die Menschen, die Blumen, das Tier –
Besonders die Kätzchen! Ich bring' sie Euch hier!

Stoekelbein
Ein Katzenleben

Vor einigen Jahren war ich als Haustochter auf einem Guts-hof in Süddeutschland. Da gab es natürlich alle möglichen Tiere, und mit diesen freundete ich mich rasch an; halfen sie mir doch über manche einsame Stunde hinweg. Meine besondere Liebe galt den Katzen, denn diese sind mir seit frühester Jugend vertraut. Stets waren in meinem Elternhaus eine oder zwei von ihnen vertreten.

Es waren ihrer viele, die sich auf dem Gut im Hof, in den Ställen und auf den Dachböden herumtrieben. Aber wie anders waren diese Tiere, als unsere Katzen zu Hause! Scheu, misstrauisch, im Äußeren ungepflegt und verwildert. Es kümmerte sich dort halt niemand um sie. Man stellte ihnen abends ein Tröglein mit allerlei Resten in den Hof. Das war das einzige, was man für sie tat. Ob da nun die Hunde kamen und das Futter wegfraßen oder ob aufdringliche Hühner das Beste herauspickten, das kümmerte niemand. „Sie können ja Mäuse fangen!" war die Antwort, die mir auf meine Vorstellungen zu Teil wurde. Das wollte mir nicht einleuchten, und nun zog ich Abend für Abend mit einem Eimerchen voll guten Futters hinaus in den Hof. Es dauerte nicht lange, da kannten mich die Miezchen und wenn ich erschien, dann fand sich ein ganzer Schwarm von Katzen ein.

Es war meistens schon dunkel; deshalb nahm ich eine Stall-laterne mit. Kurios sah es da aus, wenn die unruhigen Katzengestalten im Lichtkreis der Laterne herumtanzten und ihre Schatten sich riesengroß auf den Hauswänden abzeichneten.

Ein schwarzes, noch sehr junges Tierchen erregte stets meine besondere Aufmerksamkeit. Noch nie hatte ich ein derartig jämmerliches Geschöpfchen gesehen: ruppig, verstaubt, von eckiger Magerkeit, das armselige, zweifach gebrochene Schwänzchen mit allerlei Dreck und Schmutz verklebt. Meinen Annäherungsversuchen setzte es die allergrößte Abwehr entgegen. Zur abendlichen Fütterung erschien es nie. Es mag sich wohl aus den Abfällen seine kärgliche Mahlzeit zusammengesucht haben. Unvergesslich ist mir das Bild, wie ich es eines Morgens sah: da kauerte das kleine Kerlchen vor der Tür der Knechtstube. Vor sich hatte es eine alte, steinharte und halb verschimmelt aussehende Wurstschale. Die hell scheinende Sonne warf unerbittlich ihre Strahlen auf das armselige Dingelchen, so dass man seine Hässlichkeit im schärfsten Licht sah. Dieser Anblick tat mir in der Seele weh. Ich verdoppelte meine Bemühungen um das Tierchen, und nach einiger Zeit hatte ich denn auch den erwünschten Erfolg, es einmal einfangen zu können und es richtig satt zu füttern. Mit unendlich viel Geduld – ich brauchte lange Zeit – kam ich schließlich auch so weit, dass es nicht mehr vor mir davonlief, sondern sich regelmäßig fangen und füttern liess.

Im großen Schweinehaus hatte ich in einer Box eine ganze Anzahl – es waren ihrer sechs oder sieben – junger Miezchen untergebracht. Ihnen wollte ich gern das kleine Kerlchen beigesellen; aber das war zu viel verlangt. Sich auch noch anderen Katzen anschließen, - nein, das konnte das Schwarze nicht.

Eines Tages erreichte mich die Kunde vom Tode unseres Kätzchens daheim, unserer vielgeliebten Minz. „Nun ist unser Haus ohne Katze!" war mein erster Gedanke. Das gab es einfach nicht. Da musste schleunigst für Ersatz gesorgt werden. Im Nu war bei mir der Plan gediehen: Das armselige Schwarze und sonst noch eines kommen heim! – Auf dem Dachboden fand ich ein schönes, zum Verschicken von Miezchen sich sehr gut eignendes Kistchen. Der Stallknecht vom Jungviehstall schnitt mir für ein paar Zigaretten etwas Stroh zu feinem Häcksel. Der Schmied zimmerte mir den passenden Deckel. Die Hausfrau selbst schrieb mir die Begleitadresse, die beim Tierversand etwas umständlicher ist, als bei Paketen, und der alte Großvater malte mit seinem stets heilig gehaltenen Blaustift höchst eigenhändig „Lebende Tiere" auf die Kiste. Alles war mir bei dieser wichtigen Sache behilflich. Das kleine Küchenmädel suchte als Reiseproviant Wursthäutchen zusammen, und ich stieg derweilen auf Dach- und Heuböden herum und fahndete nach den zwei, zur Reise bestimmten Tierchen. Das Schwarzerle kam in die Kiste und zu ihm als zweites ein grau und schwarz gemustertes, noch sehr junges Käterchen. Dieses hatte eine auffallend hübsche Zeichnung; besonders drollig war sein Bäuchlein: da prangten auf silbergrauem Grund tiefschwarze Flecken. Aus kleinen, ziemlich tiefliegenden Augen schaute der Schlingel recht listig in die Welt. Er gehörte der Katzenserie aus dem Schweinehaus an. Dort war es ihm aber trotz seiner vielen Geschwister viel zu langweilig, und so erwischte ich ihn oft mitten im Hof zwischen Ackerwagen und Pferdegespannen. Wie leicht konnte das Tierchen doch da überfahren oder von einem Pferd getreten werden! Quietschvergnügt wuselte es da herum, und ab und zu fand es sich auch einmal in der Küche ein.

Was mögen sich für Gedanken und Empfindungen in den Katzenköpfchen entwickelt haben, als wir sie in die Kiste setzten, der Deckel zugemacht und noch obendrein vernagelt wurde! Der Fuhrmann nahm sie mit zur Stadt und brachte sie auf die Bahn. In meinen Gedanken begleitete ich die Tiere während ihrer ganzen Reise. Am übernächsten Tag kam die von mir sehnlich erwartete Nachricht, dass die Miezchen wohlbehalten in ihrer neuen Heimat angekommen seien, - abgesehen von dem kleinen Malheur, dass dem Grauen unterwegs sämtliche Schnurrhaare abgebrochen waren. Als meine Schwester einen Finger in den Luftspalt steckte, da rieb sich ein eiskaltes Katzenschnäuzchen daran, und lustiges Schnurren ertönte aus dem noch verschlossenen Gefängnis.

Nun wurden die Miezchen herausgeholt. Das Grauerle soll sofort wie zu Hause getan haben. Aber das Schwarzi, das war halbtot vor Angst und Schüchternheit. Es dauerte sehr lange, bis es zutraulich wurde. Erst später, als ich wieder zu Hause war und dieses Tier richtig kennen lernte, ward mir klar, was diese Reise für das so total verängstigte und scheue Geschöpfchen bedeutet hat. Wie mag es sich in der Kiste gefürchtet haben. Was mögen die Bahngeräusche, die fremden Stimmen es in Schrecken versetzt haben! Aber all das hat sich doch gelohnt, denn in seiner neuen Heimat bekam das Tier Pflege und Schutz. Dort auf dem Hof wäre es verkommen.

Seine dünnen Beinchen trugen ihm seinen Namen ein; wir nannten es „Stöckelbein". Stöckelbeinchen war ein merkwürdiges Tier. Es hatte solch ausgesprochen grotesken Einschlag. In dem kleinen, aber sehr ausdrucksvollen Gesicht standen große, runde, gelbe Augen. Nie gab es einen Ton von sich. Immer war's stumm und still; aber die sprechenden großen Augen, die verrieten, was Stöckelbein wollte, - vielleicht deutlicher, als wenn es miauend gebettelt hätte.

Ich redete immer von dem Tier als „Es". Stöckelbein war seiner Natur nach ein Katzenherr. In seinem ganzen Wesen und Gebaren lag aber eine solche Geschlechtslosigkeit, dass man es gar nicht als „Er" bezeichnen konnte. Es war sächlich.

Nach und nach wich seine Scheuheit einem zarten, behutsamen, auch noch hie und da ängstlichen Wesen. Von allen Seiten wurde es verwöhnt und gut behandelt; es lag doch solch schwere Jugend hinter ihm. Aber es blieb zeitlebens ein kleiner Pechvogel. Alles, was einem Miezchen in unserem Hause an kleinen Unglücksfällen zustoßen konnte, widerfuhr regelmäßig gerade ihm. Im Herbst wollte es einmal auf seine Weise beim Obstabnehmen helfen, da wäre ihm beinahe ein dicker Apfel aufs Köpfchen gefallen und hätte es erschlagen. Ein andermal passierte ihm das Missgeschick, dass es den ganzen Tag über in einer Kammer eingesperrt war, als wir einen Ausflug in den Taunus machten. Als ich an diesem Abend heimkam, da habe ich das Stöckelbeinchen das einzige Mal, solange ich es kannte, laut weinen und miauen gehört.

Das graue Katzentier lebte sich, wie ich schon sagte, sehr rasch ein. Es wurde „Iffi" genannt. Der Name ist ja für einen

Kater nicht so ganz passend; für den kleinen, so listig blickenden Kerl wussten wir aber keinen besseren. Iffi blieb uns nicht lange. Im Sommer kam er eines Tages von einem Ausflug nicht mehr zurück. Vielleicht ist ihm sein schönes Fell zum Verderben geworden.

Aber Stöckelbeinchen blieb uns treu. Mit rührender, dankbarer Liebe hing es an uns. Es hatte immer stark seine Eigenheiten und wusste sich auch mit Beharrlichkeit, Spielraum für sich zu verschaffen. Stöckelbein liebte frische Luft und Sonne. Bei nur einigermaßen schönem Wetter war das Tierchen immer draußen im Garten. Da stand den Sommer über ein alter, ausrangierter Liegestuhl; in dem schlug es stets sein Lager auf. Keine andere Minz durfte da hinein. Das war Stöckelbeins Plätzchen. Im Herbst, als schlechtes Wetter kam, wurde der Sessel hereingenommen. Da strich es traurig und suchend um den Platz herum, wo er gestanden hatte.

Am allerbesten gefiel es dem kleinen Schwarzen, wenn sich jemand im Hof oder im Garten aufhielt. Da war er immer in nächster Nähe. Er strich einem um die Beine, dass man kaum gehen konnte, und suchte auf alle möglichen Arten seine Freude zum Ausdruck zu bringen.

Das zufriedene kleine Katzenleben, das sich da abspielte, gab mir oft zu mancherlei Betrachtungen Anlass. Wie schwer war die Jugend des Tierchens, und wie hat sich von einem Tag auf den anderen sein Leben anders gestaltet. Mit wie wenig ward es glücklich gemacht. Uns Menschen eine Kleinigkeit, dem Tier eine neue Welt, ein neues Leben.

Mehr vielleicht noch, als bei mancher anderen Katze hegte ich bei Stöckelbeinchen den Wunsch, es möge uns recht lange erhalten bleiben. Aber es kam anders. Das kleine zarte Tierchen mit seinem durch frühes Entbehren des Notwendigsten arg geschwächten Körperchen erkrankte uns eines Tages schwer. Ich weiß ja nicht, ob es bei Katzen Lungenentzündung gibt. Die Symptome, in denen sich Stöckelbeinchens Krankheit äußerte, sprachen jedenfalls sehr dafür. Es hatte Fieber und Atemnot und war entsetzlich schwach und elend. Ganz plötzlich kam diese Krankheit über das arme Tierchen, mitten in den schönsten Sommertagen. Schwer atmend, mit großen Angstäugelchen saß es in irgendeinem stillen Winkel, und sein Körperchen zitterte unter dem mühsamen Atemholen.

Einer kranken Katze zu helfen, ist sehr schwer. Umschläge lassen sie sich nicht gefallen, und Medikamente sind ihnen nur mit List beizubringen. Ängstlich verfolgte ich das Befinden des Tieres, und schweren Herzens musste ich mir eingestehen, es würde mit ihm nicht besser. Widerstandskraft war keine vorhanden, die Krankheit verzehrte es in wenigen Tagen. Einige Stunden vor seinem Tod – wir saßen gerade beim Abendessen – da schleppte es sich noch mühselig aus der Küche ins Zimmer unter meinen Stuhl; es wollte doch bei uns sein. Dort blieb es sitzen – ein Bild des Jammers.

Einige Stunden später, als ich wieder zu ihm kam, lag es keuchend und mühsam atmend auf der Seite, in einer Lage, die eine gesunde Katze nie einnimmt. Da verließ mich jede Hoffnung, und es wurde mir schmerzlich klar: Das Stöckelbeinchen stirbt. Ich streichelte das hagere Körperlein, ich redete mit ihm, ob es das noch merkte und hörte, weiß ich nicht. Das Atmen ward langsam, die Beinchen streckten sich – mein Stöckelbeinchen war tot.

Dieses liebe, so unendlich dankbare, zarte Tierchen war uns genommen. Vielleicht ist droben im Himmel ein Eckchen, wo auch für kleine Miezchen ein Plätzchen ist. Wenigstens für solche, die sich durch ihren braven, bescheidenen Lebenswandel ein kleines Anrecht darauf erworben haben. Unser Schwarzi ist nicht mehr bei uns. Vielleicht ist es da oben ein Katzenengelchen.

Als letztes Bett gaben wir ihm einen Karton, der mit Flieder, Vergissmeinnicht und tränenden Herzen ausgelegt war. Und dann half alles nichts; es musste ein kleines Grab gegraben werden, wir mussten unser Stöckelbein hergeben. Auf dem kleinen Hügel pflanzte ich einige Sommerblümchen. Später brachte ich von einer Taunuswanderung für das Gräbchen eine kleine Tanne mit.

Ich litt sehr unter dem Verlust des guten Tierchens. Ein schwacher, nur ein sehr schwacher Trost war es mir, dass es wenigstens daheim bei uns sein Ende fand und nicht draußen, irgendwo in fremder Umgebung. So durfte ich doch das Stöckelbeinchen bis in sein Sterben hinein betreuen.

Ja, es ward nicht anders. Als unser schöner lila Fliederbusch zu blühen anfing, da nickten seine schweren Dolden herab auf Schwarzis letzte Ruhestätte, und die ersten Strahlen der Sommersonne, die schon in aller Morgenfrühe ihren Weg dorthin fanden, die grüßten den kleine Hügel besonders. Sie wussten es, dass das Stöckelbeinchen sie sehr geliebt hatte. Wie oft fand ich es doch behaglich in der Sonne sitzend. Die gelben Äugelchen blinzelten, von der Fülle des Lichtes geblendet, - ach, das ward doch zu schön, wenn die liebe Sonne so richtig warm schien. Es war eine der kleinen bescheidenen Lebensfreuden unseres Lieblings.

Vorbei -! Dein Leben war kurz, die erste Zeit davon sehr schwer, und als es Dir dann besser ging, da konntest Du lange Zeit gar nicht an das Gute glauben."

Kapitel 16

Nachwort

Meine Katzengeschichten sind hiermit zu Ende, obwohl es eigentlich nie ein Ende gibt. Ich habe meine Leser in mehrere Länder und durch viele Epochen geführt. Dabei ist mir aufgefallen, dass die Gefühle sich nie geändert haben. Ob in unserer Zeit oder in den dreißiger Jahren, es sind die gleiche Gefühlen von Liebe und Trauer, die wir empfinden.

Vielleicht wartet da oben im Himmel am Tor zur Ewigkeit nicht Petrus auf die Seelen der Sterblichen. Nein, ein Katzengremium wird über uns richten mit Knurren oder Schnurren.

Nur derjenige, der auf Erden gut zu Katzen und Tieren überhaupt gewesen war, nur dem wird Einlass gewährt ins Paradies.

ENDE.

Weitere Werke der Autorin Elizabeth Kott

Bei tredition-verlag

Waterfalls eine Farm in Südafrika
- Verlorene Heimat - Abenteuer in der Türkei

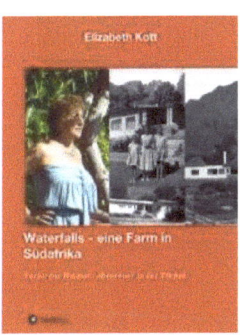

Elizabeth Kott
Romane & Erzählungen

Elizabeth Kott, in Amerika geboren, in den 1950er Jahren als echtes Burenmädchen in Südafrika aufgewachsen, schildert in ihren Büchern eine schöne Kindheit und viele amüsante Anekdoten. Das neue Buch „Waterfalls" enthält autobiographische und fiktive Anteile aus ihrem aufregenden Leben. Auch Dank der schönen Fotos öffnet die Autorin den Blick in ihre einstige, geliebte Heimat Südafrika und auf viele Sehenswürdigkeiten in der Türkei.

Paperback
10,90 EUR
inkl. MwSt.
ISBN: 978-3-8495-5146-9

E-Book
4,99 EUR
inkl. MwSt.
ISBN: 978-3-7323-0070-

Acht Monate unseres Lebens im afrikanischen Busch

Abenteuer Anekdoten Schicksale Enttäuschungen - Absturz

Elizabeth Kott
Lektor: Lektorat, Korrektorat, Satz: Angelika Fleckenstein, spotstock.de
Biografien & Erinnerungen , Unterhaltung & Kultur , Belletristik , Sachbücher
Elizabeth führt mit ihrem Mann ein glückliches, erfülltes Leben in Deutschland. Ihr Onkel in Südafrika bietet ihrem Mann eine vakante Stelle als Mineraloge in Südafrika an. Trotz aller Ungewissheit was auf sie zukommen würde, emigrieren sie in den Schwarzen Kontinent. Sie sollen neun Monate im afrikanischen Busch an den Ufern des Olifants Flusses, ohne Strom und Wasser leben. Ihr Mann soll die Kartierung eines riesigen Geländes mitten im Krügerpark übernehmen. Temperaturen von 48°C im Schatten, Insekten, Schlangen und Skorpione, Überschwemmung und Buschbrand machen das Leben zwar abenteuerlich aber auch schwer. Dazu kommt es zu Ungereimtheiten bei Gehaltsabrechnungen. Sie entschließen sich, nach acht Monaten im Busch zur Rückkehr in die Zivilisation nach Phalaborwa, ein Fehler mit schlimmen Folgen. Die bebilderte Autobiografie wurde als Vergangenheitsbewältigung geschrieben. Auf faszinierende Weise gibt die Autorin Einblicke in das Südafrika mit Apartheit und Exotik. Liebenswerte Anekdoten machen die interessante Geschichte umso mehr lesenswert.

Hardcover 23,49 EUR ISBN: 978-3-8495-7746-9

Paperback 16,80 EUR ISBN 978-3-8495-7775-9

E-Book 4,99 EUR ISBN 978-3-8495-7747-6

Mainzer Hauptfriedhof
€ 39,90

Mainzer Hauptfriedhof - Ein Spaziergang durch die Gärten der Ver-
gänglichkeit, ISBN 978-3-95876-034-9
Ein sehr persönlicher Bildband der Autorin und Malerin Elizabeth Kott,
als Hommage an ihren verstorbenen Gatten Dipl.-Min. Klaus-Jürgen
Kott

Kundenrezension MAINZER HAUPTFRIEDHOF

Anna-Luise Liebgott

Als ich das Buch in die Hand bekam, hat mich schon das Foto auf dem Umschlag unwahrscheinlich fasziniert. Einmal aufgeschlagen, konnte ich nicht mehr aufhören und habe es bis zum Ende nicht mehr zugeschlagen, obwohl zeitlich furchtbar in Druck war.

Der Autorin ist nicht nur die Auswahl der Fotos ihres geliebten, verstorbenen Mannes fantastisch gelungen, nein, auch die aufgeführten Zitate passen exakt zum Thema.

Frau Kott beschreibt ihr Gefühl und ihre Gedanken über das Wandeln auf Friedhöfen in eindrucksvoller Weise. Die Veröffentlichung dieser Friedhofsbilder ist eine wahre Hommage an ihren Mann, aber auch ein faszinierendes Werk für den Betrachter.

Ich habe auch einmal sehr viel fotografiert. Darum kann ich mir vorstellen, wie viele Stunden ihr Mann damit verbracht hat, die Grabsteine und Figuren im richtigen Licht einzufangen.

Sein Auge war geschärft für jeden Blickwinkel und jeden Schatten. Es sind hervorragende Bilder. Das Buch ist ein Meisterwerk der Fotographie.

Zum Abschluss möchte ich sagen, es ist ein Muss für jeden Mainzer und auch für jeden Friedhofsbesucher, diese Bilder zu schauen

Dolosse - oder wie ein Kinderspiel die Welt eroberte,

Wie ein Kinderspiel aus Knöchelchen zu einer großen, weltweit beliebten Erfindung wurde. Eine sehr interessante Geschichte von Elizabeth Kott, die den Leser erneut nach Südafrika führt.

ISBN 978-3-95876-035-6
€ 9,90
inkl. MwSt

2015 Kunstkalender gratis beim Kauf eines signierten Buches

Zeitfracht Medien GmbH
Ferdinand-Jühlke-Straße 7
99095 Erfurt, Deutschland
produktsicherheit@kolibri360.de